七十二候ノ国の後宮薬膳医
見習い陶仙女ですが、もふもふ達とお妃様の問題を解決します

江本マシメサ

ポプラ文庫ピュアフル

目次——もくじ

七十二候ノ国の後宮薬膳医

しちじゅうにこうのこくの
こうきゅうやくぜんい

見習い陶仙女ですが、もふもふ達とお妃様の問題を解決します

江本マシメサ
Mashimesa Emoto

ポプラ文庫ピュアフル

序章　窮地は突然に

見習い仙女《せんにょ》は、人間界で徳を高めると一人前になれる。

桃の花から生まれて十二年目の春に、お仕えしていた薔薇《ばら》仙女に突然呼び出された。

美しい顔《かんばせ》をキリリと引き締めながら、私に命じる。

「――桜桃香《おうとうか》、汝に命じる。人間界に降り立って徳を高め、一人前の仙女になるのだ」

「はい、かしこまりました」

仙女というのは、人間界に四季をもたらす神聖な存在である。世界の始まりとも言える天帝が、自然の移り変わりを助けるために造りだしたと言われていた。

お仕えしていた薔薇仙女は、春と秋に薔薇の花を咲かせることを仕事としている。

私はと言えば、桃の花から生まれたにもかかわらず、開花の仙術をいつまで経っても習得できなかった。

ついには桃の里から追い出され各地をさまよう中で、薔薇仙女が私を助けてくれた。

自分は役立たずなんだとべそをかく私に、薔薇仙女は諭すように言った。仙女の全員が全員、四季をもたらす仕事をしているわけではない。四季をもたらす仙女を、支える仙女もいるのだと。

仙女を支える者達は炊事洗濯、身の回りのお世話、機《はた》を織って服を作ったり、歌を唄って励ましたりと、さまざまな仕事がある。

役立たずな者なんてひとりもいないと、言ってくれた。

その日から、私は薔薇仙女にお仕えすることとなる。

薔薇仙女のもとでせっせと働く中で、私はある能力に目覚めた。

それは、陶器の声が聞こえるというもの。食いしん坊だから、そのような力が開花したのだろう。

私はお世話になった薔薇仙女を支えるために、陶《とう》仙女になる決意を固めた。

陶仙女というのは、陶器を唄わせたり、踊らせたりと、食事を通して周囲を楽しませることを仕事としている仙女だ。

四季を司る仙女は、多忙のため娯楽に勤しむ余裕などない。そんな中で、食事の際に心を労る陶仙女の役割はとても重要なのだという。

こうして一人前の陶仙女になるために、生まれ育った山を飛び出した。


仙女達が棲まう蓬莱《ほうらい》は、天を衝くほど高い神山である。

そんな蓬莱から人間界へはるばるやってきた私は、〝満腹食堂〟を営み、毎日せっせと働いていた。

お店の一番人気は、豚の角煮麺。先代店主から受け継いだ秘伝の豚骨汁に、もちもち食感の麺を合わせ、仕上げにとろとろになるまで煮込んだ豚の角煮を載せた一品である。

一日限定三十杯が、開店一時間で完売するほど人気なのだ。

もちろん、豚の角煮麺以外にも、さまざまな料理を取りそろえている。

主に人気なのは、仙女達に作っていた蓬莱料理。この辺りにはない料理ばかりで、物珍しさから来店する人があとを絶たない。

今日も、お昼前から満席だった。

「店主さん、お粥を一杯くれるかい？」

「はーい！」

昼時ともなれば、お客さんが次から次へとやってくる。

猫の手も借りたい！　ということで、人間界で契約したあやかし〝金華猫《きんかびょう》〟が少女に化けて店の手伝いをしてくれているのだ。人前には出たくないというので、厨房で調理を担当している。

「金《きん》ちゃん、お粥をお願い」

「もう嫌よ！　忙しすぎるわ！」

「そんなことは言わずに」

金華猫こと金ちゃんはぶつぶつ文句を言いながらも、お粥を作り始める。

その間に、昨日仕込んでおいた甘酒を温め、お客さんに持っていった。

「今日も、胃が痛むんですよね？　甘酒です、どうぞ」

「ああ、いつも、すまないねえ」

甘酒は胃腸の働きをよくする、飲む胃腸薬と呼ばれている。消化を助けてくれるばかりでなく、栄養も満点なのだ。

「胃が痛いときは、お粥と甘酒しか受け付けなくてねえ」

「どうぞ、お大事に」

「ありがとう」

その言葉を聞いた瞬間、胸がじわりと熱くなる。徳が高まったのだろう。

私はここで、お客さんに料理をふるまいつつ、一人前の仙女になるための修行をしていた。これまでの日々を思い出すと、遠い目になる。

多くの人々が暮らす七十二候ノ国《しちじゅうにこうのこく》。

ここはかつて、世界を造った天帝が七十二の国を統一した国家である。

また、仙女に愛された国でもあり、春、夏、秋、冬と豊かな四季に恵まれた土地でもあった。

そんな七十二候ノ国の王都で働き始めてはや三年。ここ、王都にたどりつくまで、苦労の連続であった。

お仕えしていた薔薇仙女は、「人間界は平和で、楽しい世界よ」なんて笑顔で話していたが、それは千年以上も前の話。

人間界は、悲惨な状況としか言いようがない。魑魅魍魎《ちみもうりょう》の類いであるあやかしがはびこり、野心ある者達の国盗りが各地で行われている。それだけでなく、不作による饑餓《きが》や、次々と巻き起こる自然災害、鳥獣害などなど、人間界は過去に例がないほどの厄災に支配されていた。

人々は、生きることに必死であった。

そんな状況で、いかにして徳を高めればいいのか。見知らぬ土地で、ひとり頭を抱える。

徳をあげるには人間を助け、感謝の気持ちを受け取らなければならない。

どういうことをすればいいのか。

具体的には、腹を空かせた者に食べ物を与えたり、怪我を負った者を看病したり、倒れる者に手を差し伸べたり。

修羅の世ともなれば、困った者ばかりである。徳を積み放題かと思いきや、そんなことはない。

荒んだ状況で、人々は〝感謝する心〟を忘れてしまったのだ。

そのため、どれだけ助けても、助けても、私の徳が高まることはなかった。それどころか、自分の身を守ることだけで精一杯になる。

その辺で見かける魑魅魍魎など、恐るるに足らず。

彼らは基本的に臆病で、人間に喧嘩をふっかけることはほとんどないのだ。

本当に恐ろしいのは、人だった。

親切にしてくれたかと思えば身売りされそうになったり、助けてくれと言われて手を差し伸べたら路銀《ろぎん》を奪われたり。

危うく人間不信になりそうだった。

人間界にやってきて数年は、徳を高めることなどできずに時間だけが過ぎていった。

だが、五年ほどで、時代が変わる。

悪政を敷いていた皇帝が亡くなり、若く有能な秦龍月《しんりゅうげつ》という青年が皇帝となったのだ。

あっという間に、治安がよくなる。

王都にたどりついた私は、道端で助けたお爺さんのお店、満腹食堂で働くこととなった。

そんな中で、効率のいい徳の積み方を思いつく。

特別な力を使い、お客さんの体調不良を治すのだ。

私の持つその特別な力とは、ご存じ陶器の声が聞こえるというもの。

来店と同時に、陶器に注いだお茶を持っていく。すると、たいていお客さんはお茶を飲む。陶器に口を付けると、たちまち陶器が喋り始めるのだ。

「この人は、二日酔いだよ！」

確認後、酔い覚ましの柿でも持っていったら、たちまち感謝される。これを繰り返すことによって、私は数年でどんどん徳を高めていった。

お世話になっていた満腹食堂のお爺さんが亡くなってからも、私はお店の営業を続けていた。

そろそろ潮時かと思っても、常連さんに「ここの料理を楽しみにしている」と言われたら、なかなかやめられない。

各地を転々としないと、世話焼きおじさんから結婚を勧められたり、いつまで経っても独り身なのを怪しまれたりするのだ。

ついつい居心地がよくて、やめ時を逃していた。

お客さんはみんないい人だし、ここにいるだけで徳が高まる。

あと五年働いたら私は一人前の仙女になれるのではないか。そんな確信もあったものの、一カ所に長居すると見習い仙女である私の特異性に気づかれる可能性も高まる。

あともう少しだけ……そんなふうに思ってしまう最大の理由は、毎日お店に通う〝ある常連さん〟が心配だからだ。

やってくるのは、決まってお昼時。混雑する前に、ふらりと立ち寄る。

キリリとした切れ長の瞳に、スッと通った鼻筋、形のよい唇と、美女が棲まう蓬莱でも見かけないような絶世の美貌を持つ青年なのだ。

腰まである長い髪を上下に分け、上部のみ結いあげている。髪を結んだ尾を引く紐は、風になびくたび蝶のようにひらりひらりと舞っていた。

蓬莱一の美女と呼ばれていた薔薇仙女より美しい存在《もの》を、初めて見た。彼を目にした日の記憶は、今でも鮮明に思い出せる。

仕立てのよい服装から、皇帝陛下に仕える高官であることは確実である。道行く人達は男女問わず振り返るほど見目麗しいのだ。

そんな美貌の青年の名は、陽伊《ようい》鞘《さや》。

ただ、神は二物を与えなかった。

彼は驚くほど顔色が悪く、毎日何かしらの体調不良を抱えていた。

陶器が「貧血気味だよ」と言えば落花生を与え、「微熱があるよ」と聞けばびわの実を食べさせる。

基本的には表情に乏しいのだが、食事を終えたあと、かならず淡く微笑みながら「ありがとう」と言ってくれるのだ。

不思議なことに、彼から感謝を伝えられると、普通の人に言われるより徳が高まる。

それはきっと彼が〝輝宝《きほう》〟だからだろうと私は思っている。

輝宝とは、仙女の徳をぐぐっと高める特別な存在である。

薔薇仙女曰く、出会う確率はかなり低い。雲を摑《つか》むようなものだと話していた。

毎日体調不良を抱え、食堂にやってきてくれる陽伊鞘は、私の徳を高めるために存在してくれているようなものであった。

ただ、あまりにも日々具合が悪そうにしているので、あるとき、どうしたのかと話を聞いてみた。

最初は「大丈夫だ」と言っていたものの、私があまりにもしつこく聞くので、しぶしぶ答えてくれた。

なんでも、彼は後宮専属の〝御用聞き〟らしく、毎日宦官が彼のもとまで運んでくる買い物一覧表を受け取り、街に出向いて買いそろえるのが仕事だという。

後宮というのは、皇帝陛下の妃が住まう宮殿である。

今はたしか、四美人と呼ばれる四名のお妃様が住んでいる。その後宮の妃が必要だという品々を買い集めるのが、彼の仕事だという。

お妃様からの注文は、昼夜問わず行われる。そのため、食事はおろか睡眠時間さえもままならない生活を送っているようだ。

つまり、不規則な生活を送っているので、毎日体調不良であるらしい。

ちなみに守秘義務が伴うため、人を新たに雇い入れることはできないというのだ。

なんというか、大変なお役目だ。

うちの店は市場への通り道となっている。注文したらすぐに出る料理ばかりなので、手早く食事を終えることができるので重宝しているようだ。

私が王都からいなくなったら、この人は死んでしまうのでは？　と、心配になってしまう。彼を見捨てて、王都から出ていってもいいものなのか。悩んでいるところに、とんでもない事件に巻き込まれてしまった。

「桃香！　桃香！　起きなさい、この、ぽんこつ見習い仙女！」

「ん？」

猫の姿をした金ちゃんが、肉球で私の頬を猛烈に叩いている。

周囲から、パチパチ、パチパチとなにかが燃える音が聞こえる。薪代を節約しているので、暖房用の鉢に火は入れていないはずだ。

「うーん。金ちゃん、寒かったの？」

「バカを言っている場合じゃないわ！　隣のお店が火事なの！　こっちに燃え移るのは時間の問題よ！」

「隣のお店が火事？　へえ、火事……火事!?」

慌てて飛び起きる。真夜中なのに、外は真っ赤だった。

「か、火事だ――!!　っていうか、熱い!!」

「わかったから、早く逃げるわよ！」

金ちゃんが寝間着の裾を噛み、ぐいぐい引っ張る。命からがら外に出たが、隣の店は炎に包まれていた。

ふいに、強い風が吹く。炎が、食堂兼住宅に燃え移った。瞬く間に、燃え広がっていく。

「嘘でしょう!?」

燃える、燃える。先代が大事にしていた、食堂兼住宅が。

楽しかった思い出も、嬉しかった記憶も、すべて燃やし尽くすような炎にみるみる呑み込まれてしまった。

「ど、どうしよう……。ここ、賃貸……」

現実を受け止めきれず、燃える食堂兼住宅を眺める。金ちゃんに「ここにいたら危ない！」と注意を受けるまで、私はその場から動けなかった。

昨晩は、知り合いの行商の荷車で一夜を明かした。藁布団《わらぶとん》を借りたのだが、案外快眠できた。湯たんぽ代わりの金ちゃんがいたのも、よかったのかもしれない。

周辺の食堂街は、燃え尽くされてしまった。食堂があった焼け跡を呆然と見つめるのは、私だけではない。

「これから、どうしよう」

みすぼらしい寝間着姿のまま、無一文となってしまった。

先代から受け継いだ秘伝の料理帳も、売り上げも、お客さんからもらった思い出の品も、すべて失ったのだ。まだ、胸に金ちゃんを抱いているからいいようなものの……。

道行く人からは、いたたまれなくなるような視線が集まる。悲しいことに、誰も声をかけてくれない。そんな中で、背後から声がかかる。

「ああ、桜さん、よかった!!」

振り返った先にいたのは、食堂兼住宅の大家さんだった。

「いやはや、よくご無事で」

「おかげさまで……」

この火事で、数十名の死者を出したという。心配して駆けつけてくれたのかと思いきや、そうではなかった。

「なんでも、お隣の店主は、夜逃げしたみたいで」

「うわー……」

昨日の火事で火元となり、周囲六棟の店を全焼させた。責任を取りきれないと判断したのだろう。普段から「やり手だな」と思っていたが、逃げ足も速いとは。

「そんなわけで、全焼した家の弁償をしてもらおうかな、と」

「へ!?」

「ここの先代と、契約していたんだ。壊れたところがあれば、金銭で埋め合わせをするってね」

提示された金額を見て、ゾッとする。とても払いきれる金額ではなかった。

「わ、私、昨日の火事で全財産を失ったんです。それに、今回の火事は、隣のお店からのとばっちりです！」

「気持ちはわかるけれど、契約を結んでいるからねえ」

「そんな……酷い……」

金ちゃんを抱えたまま、ふらふらと後退する。

どん！　と誰かにぶつかり、ハッとなって振り向いた。

見知った顔と、目と目が合う。誰もが振り返る美貌の男、陽伊鞘であった。

「あ――どうも？」

「話は聞かせてもらった。金は、俺が払おう」

「え!?」

「大家殿、いくらだ？」

「えーっと、こちらなのですが」

陽さんは懐からお金の入った革袋を取り出し、大家さんへそのまま差し出す。

「おお、たしかに。まいどあり」

大家さんは明るく言って、踵を返す。私になにも言わずに、走り去っていった。食堂の火災から全焼、借金の取り立てから支払い完了まで展開があまりにも早すぎる。

呆然としていたら、輝く美貌が心配そうに覗き込んできた。

「大丈夫か？」

「あ、えっと、はい」

いまだ、ぼんやりしている私に、陽さんは高そうな上着をかけてくれた。金ちゃんで暖を取っていたのでそこまで寒くはなかったのだが、寝間着姿が相当みすぼらしいものだったのだろう。

上着に香かなにか焚いているのだろうか。いい匂いがする。

くんくんかいでいたら、「かぐな」と言われてしまった。僅かに頬が赤くなっているので、恥ずかしいのだろう。

私も、他人に服の匂いをかがれるのは嫌だ。反省し、深々と頭をさげて謝罪する。

これからどうするのか。考えているうちに、背中を押される。

「こちらへ」

「え、はあ」

陽さんは金ちゃんを抱いた私の手を摑み、急ぎ足で歩いて行く。どんどん、どんどんと進んだ先は、皇帝が住まうお城であった。

「これは!?」

「紅禁城《くきんじょう》だ」

皇帝陛下が中心となって政を行う場所――紅禁城。もちろん知ってはいたが、わざわざ見にきたことはなかった。

なんでも、ここには八百以上もの建物があるらしい。

区画は大きく分けて、外廷と内廷、後宮の三つに分かれている。

外廷は大臣や役人、兵士などが拠点とする区画である。あまりにも広大なので、行き来のため、巡回の馬車が通っているという。

内廷は皇帝陛下が私生活を営む場。女官や宦官など、皇帝陛下に近しい者しか出入りできない区画らしい。

内廷は外廷に続いて広いものの、皇帝陛下の暗殺を防止するために朝と夜しか巡回の馬車は出ていない。

最後に後宮というのは、皇帝陛下のお妃様が暮らす区画。

内廷の背後に建てられ、白亜の塀に囲まれているようだ。

後宮の敷地内には四つの宮殿が向かい合って並び、その周辺に商店がある。

宮殿は、春宮《しゅんぐう》、夏宮《かきゅう》、秋宮《しゅうきゅう》、冬宮《とうきゅう》と四季を司り、それぞれに四美人と呼ばれる見目麗しいお妃様が住んでいる。そして、後宮内部には、ちょっとした市場や温泉施設などがあり、女官達が買い物をしたり、温泉で疲れを癒やしたりできるのだという。

そこまで広くないので、宮殿と宮殿の間は徒歩でも問題なく行き来できる。

「今の説明で、理解できただろうか？」

「はい、なんとか」

皇帝の権力の象徴ともいえる紅禁城――紅《あか》で統一された屋根が、眩しい。

門番達は陽さんを見るやいなや、どうぞどうぞと道を通す。

「今の時間、巡回の馬車はいない。代わりに、あれに乗る」

指差されたのは、内廷に食材を運ぶ馬車だった。

踏み台を踏んで乗り込む。端が空いていたので、金ちゃんを抱いたまま座った。陽さんも、隣に腰かける。

口数が少ない陽さんは、黙ったまま。私も、これからどこに行くのかを聞く元気すらなかった。

紅禁城の内部はとにかく広かった。しばし、眠気と闘いながら到着するのを待つ。

馬車が停まったのは、白亜の城を囲んだ外構えの前。疲れ切っていた私も、さすがに質問してしまう。

「あの、陽さん。ここは、どこでしょう？」

「後宮だ」

「こっ!?」

まさか、後宮に売り飛ばされるのだろうか。支払った分、働けと言われて。

咄嗟にそう思ったが、陽さんは説明もなしにそんなことなどしないだろう。

しかし、しかしだ。これから私がどうなるのかは、気になるところだ。

「あの、あの――！」

「詳しい事情は、家で話す」

「家、ですか？」

「あそこだ」

後宮の近くに、高い塀に囲まれた立派な門が構えている。中の様子は見えない。

「もしかして、あちらが、陽さんのご自宅で？」

「そうだ」

紅禁城に、小さな部屋をひとつ与えられただけでもとんでもない誉れだと耳にしたことがある。家をまるまる持っている陽さんは、皇帝の信頼を勝ち得ている指折りの高官なのだろう。

門をくぐった先にあったのは、竹藪と池のある庭に、あまり大きくはない平屋。目の前に後宮が建っているからか、日当たりは悪く、どこか不気味な雰囲気すら漂わせていた。

「陽さんは、ここで、ご家族と暮らしているのですか？」

「いや、今は、俺ひとりだけだ」

「そう、だったのですね」

家は築百年は経っているであろう古民家である。あやかしがひょっこり顔を覗かせても不思議ではない年季の入りようだ。

外観から、生活感はあまり感じられない。洗濯物や柿などが干されていたら、人が生活を営んでいるのだな、と感じられるものの。

家にあがらせてもらったが、案外中は快適で、内部は家族三人くらいでささやかな暮らしができるくらいの広さである。

机と椅子があるだけの土間に通され、しばし待つように言われた。

ここでようやく、金ちゃんを机の上に下ろす。

「ねえ、桃香。ほいほいついてきて、大丈夫なの？」

「わからないけれど、陽さんは悪い人ではないし、お店の弁償もしてくれたから」

「あなたっていつも思うけれど、本当にお人好しだわ。よくもまあ、右も左もわからない見習い仙女が六年以上も人間に騙されずに、やってこれたわね」

「それは、金ちゃんがいたから」

金ちゃんとの出会いは、人間界にやってきてすぐだった。金ちゃんは〝化け〟を得意とするあやかしで、人間に関してやたら詳しかった。そんな金ちゃんは六年前、人の世界に関してまったくわからない私に、契約を持ちかけたのだ。

当時の私は、川で釣った魚を焼いて食べているところだった。それを見た金ちゃんは魚と引き換えに、人間界を案内してあげる、と言った。

川魚一匹から始まった付き合いが、今なお続いているというわけである。

「金ちゃんのお腹を吸ったら、もっと危機感を抱くかもしれない。失礼します」

「ちょっ、ワタシのお腹を吸わないでちょうだい!!」

「よいではないかー、よいではないか」

「ぜんぜん、よくないわ!!」

猫吸いを堪能しているところに、陽さんが戻ってきた。金ちゃんのお腹に顔を埋める私を、不可解なものを見るような目で見ている。

「もう、いいか？」

「あ、はい」

目の前に、やたらと濃いお茶が置かれた。陽さんは「どうぞ」と勧めるが、陶器の湯呑みが悲鳴をあげているのは無視できない。

「このお茶、とんでもなく苦いよおおー！」

向かいに置かれた陽さんの湯呑みも、言葉を付け加える。

「健康にはいいから、頑張って飲んでええー！」

もちろん、陶器の声は私以外には聞こえない。覚悟を決めて、お茶をいただく。

「――ウッ!!」

想定以上に苦く、声をあげてしまった。

「苦いか？」

「ええ、まあ、そこそこ」

「茶汲みは、得意ではない」

そう呟きつつ、陽さんはお茶を飲み干す。彼はきっと、飲み慣れているのだろう。

「本題に移りたいのだが、いいだろうか」

「はい」

いったいなぜ、全焼した食堂の弁償をしてくれたのか。最大の謎であった。

「俺が御用聞きであることは話したと思うが――」

「はい」

御用聞き。それは後宮に住まう妃の、必要とする品を買い集める仕事。買い物一覧表は、毎日宦官によって届けられるという。

無理難題を課され、地方に買い出しにいく日もあるらしい。四名の妃の願いにひとりで対応しているので、日々、満身創痍であると。

「皇帝陛下直々に、命じられたのだ。医者にも治せない、妃達の病を完治させる者を連れてこい、と」

なんでも四人の妃は皆病に臥せっており、皇帝陛下は全員に、体調不良を理由に夜のお勤めを断られてしまったらしい。

「えっ、後宮に四人しかお妃様がいないのに、全員体調不良なんですか!?」

陽さんはそうだと、深々と頷いた。

「流行病かなにかなのですか？」

「いいや、ちがう。四名はそれぞれ異なる症状を訴えているらしい」

「そうですか。ちなみに、お妃様同士の交流はあるのですか？」

皇帝陛下のお渡りになんらかの問題があり、お妃様が結託して拒んでいる可能性もあるだろう。だって、四名同時に体調不良を訴えるなんてありえないし。

「なぜ、そう思う？」

「実はお妃様が四人で話し合っていて、いっせいに拒んだら怖くないい的な活動である可能性もあるかもしれない……と思ったもので」

「いや、妃同士に交流はないはずだ」

お妃様が後宮の外へ出ることは禁じられているらしい。

「そういう決まりがあるのであれば、結託している案は消えますね」

四人同時に具合が悪くなったのは、たまたまだという。以前も、それぞれ異なる時期に体調不良を訴えることはあったらしい。

今回は皆が皆体調が悪いというので、大変困った状況であるという。

「皇帝陛下には、まだお世継ぎがいらっしゃらない。一刻も早い天子の誕生を、国民ともども望んでいる」

ただ、具合が悪いとなれば、強要はできない。困り果てている状況だという。

宦官の医者には、すべて診せたという。もうこれ以上、診察できる者はいない。

「後宮は宦官以外の男子禁制、でしたっけ？」

「そうだ」

誰も彼もが、足を踏み入れられる場所ではないのだ。

ちなみに宦官というのは、後宮に出入りしても問題のないよう、生殖機能をなくした男性を呼ぶ。

宦官になると髭が生えなくなり、中性的な容貌になるらしい。それゆえ美しい容姿の者が多いと。

ここで、ハッとなる。

「陽さんはもしかして、宦官なのですか？」

「俺はちがう。陽家は、代々皇帝や皇妃の御用聞きをする家系で、後宮の外に家が与えられているのだ」

「なるほど。そういうわけだったのですね」

宦官についてはさて置き、話は妃の病に戻る。

「後宮は男子禁制。ほかの医者を連れていくことなどできない。世界には女医もいると聞くが、国内にはまずいないだろう」

どうすればいいのか。悩んだ結果、陽さんはなんと私に白羽の矢を立てたらしい。

「店主殿は、毎日俺の体調不良を見抜き、さまざまな食べ物で治してくれた。それらを、後宮の妃にも試してくれないだろうか？」

陽さんは深々と頭をさげて、頼み込んでくる。

「あの、でも、私、医者ではありませんし」

「わかっている。しかし、店主殿しか、頼める相手はいない」

「そう言われましても……」

失敗したら、即処刑！　とか言われそうで恐ろしい。先代の皇帝は、気に食わない者を毒蜘蛛のいる井戸に投げ捨てて殺したという噂も流れていた。

現在の皇帝は賢帝だという。かといって、罪に対して寛大であるとは限らない。

陽さんは頭をさげ続ける。美しい黒髪が、机にぱらりと広がった。

どう断ろうかと、考えているところでふと気づく。

「あれ？　そういえば、弁償したお金と引き換えに、とか、そっち方面で脅さなくてもいいのですか？」

私の質問に、顔をあげた陽さんはキョトンとしていた。

「どういう意味だ？」

「あの、さっき陽さんが支払ってくれた金額は、人を脅せるほどのお金だったんですよ」

「そう、だったのだな。店主殿にどう声をかけていいものかわからなくて、話しかけるきっかけにしか思っていなかった」

まっすぐな瞳で、陽さんは言う。人間界に、ここまでの善人がいるなんて。さすが、雲を摑むよりも出会うのが難しい〝輝宝〟だ。純粋に純粋を重ねたような聖人なのだろう。

これまで、陽さんのおかげで多大な徳を積んだ。それを含めた恩返しをしてもいい頃合いだ。

それに、彼の願いを成就させたら、特大の徳を積めるかもしれないし。

「わかりました。お妃様の具合がよくなるかはわかりませんが、精一杯頑張ります」

「店主殿、感謝する」

話はきれいにまとまった。が、さあさっそく後宮へ、というわけにはいかないという。

「後宮に足を踏み入れることが許可されるのは、皇帝の妃と女官、それから宦官のみとなっている」

後宮にいる者達は宦官以外全て皇帝の妻、という扱いらしい。

「ってことは、皇帝のお妃様にならないといけないのですか!?」

絶対に嫌だと言おうとしたら、陽さんはもうひとつの道を示してくれた。

「例外として、後宮に足を踏み入れることを許されている者がいる」

「それは？」

「陽家の女だ」

「えーと、つまり、陽さんと家族になれば、皇帝陛下のお妃様になることなく、後宮に入れるというわけですね？」

「ああ」

家族になるとしたら、陽さんの妹なのか。それとも、姉なのか。

一応、私は桃の樹から生まれて十八年。見た目も、人間でいう十八歳の娘さんと同じくらいだろう。一方で、陽さんは、二十歳前半くらいか。

「だとしたら、妹ですか。さすがに姉は、ないな……」

「妻に」

「はい？」

「俺の妻に、なってもらう」

脳天に雷が落ちたのかと思うくらいの衝撃に襲われた。

もしかしたら聞きちがいかもしれない。耳に飛び込んできた情報を、そのまま復唱する。

「わ、私が、陽さんの、妻に？」

「そうだ」

家族になるというのは、そういうことだったのだ。妹とか姉とか考えていたスッカスカの脳内を、恥ずかしく思う。

「もちろん、本当の夫婦になるわけではない。後宮に入るための、契約結婚だ」

「あ、で、ですよね！　でも、陽さんは、その、結婚したい人とか、いないのですか？　一時とはいえ私と夫婦になれば、その、意中の方が勘ちがいをしてしまうかもしれませんし。その辺は、どうお考えなのかな、と」

質問を投げかけた瞬間、陽さんは私をじっと見つめる。熱烈な視線に、身が焼けるのではと思ってしまった。

「そもそも俺は結婚しようとは、思っていなかった」

「それは、なぜ？」

「我が血族は、呪われているから、だ」

「呪い、ですか？」

陽さんは眉間に皺を寄せ、コクリと頷く。

「それは、いったいどんなものなのか、聞いてもいいでしょうか？」

「べつに、構わない」

陽さんは淡々と、呪いについて語る。

「陽家の男は、三十になる前にかならず死ぬ」

耳にした瞬間、ゾッと肌が粟立つ。

誰が呪ったとか、原因とかはわかっていないらしい。もしや、毎日の体調不良も、呪いのせいなのではないか。胸が、ぎゅっと苦しくなる。

「陽家の長い歴史の中で、三十年以上生きた男はいない」

そのため、陽家に生まれた男は「人生は三十年」と定め、適齢期になるよりも早く結婚し、子をなしていたのだという。それなのに、陽さんは結婚する気はないと。

「陽家の者達は、長きにわたって呪いに苦しんできた。もう、俺の代で呪いの連鎖を断ってもいいのではないかと、思っている」

陽さんの母は、三年前に病気で亡くなったらしい。今際《いまわ》のときに語った言葉が印象的だったのだという。

「気丈な母が、人生でもっとも辛かったのは父が呪いによって命を奪われた日だったと」

そして、遺言に、陽さんが死ぬときは妻となった女性を悲しませないように、と残したそうだ。

「呪いは避けられない。悲しませるなというのは無理な話だろう」

唯一、遺言を守る方法が結婚をしないという選択だという。

「そういうわけだから結婚については気にする必要はない。店主殿のほうこそ、将来を誓った相手はいないのか？」

高速で首を横に振る。将来を誓った相手など、いるわけがない。

徳を高めて、陶器の声を聞く立派な〝陶仙女〟になるのが私の最終的な目標である。

今は陶器が好きなように喋る声を一方的に聞くばかりだが、陶仙女になると私が望めば喋ってくれるのだ。

　私の生まれた蓬莱では誰もが仙女になるために、人間界へと降りていく。が、中には本来の目的を忘れ、道を誤る者もいるという。修行をすっぽかして人間に恋してしまうのだ。

　恋をした見習い仙女は、風となって消えてしまうと言われている。風になる時機は明らかにされていないが、とにかく恋をするのは危険だというわけだ。

　それだけではない。風となって消えた仙女の魂は人間のように転生することなく、存在がなくなるようだ。それが、仙女となるために生まれたにもかかわらず、役目を果たさなかった者の末路だと薔薇仙女から聞いた。

　私は一人前の仙女になるために人間界に来ている。恋なんてしている暇はないのだ。

「それでは、話を進めてもよいだろうか？」

「な、なんの話を!?」

「俺と、店主殿の結婚についてだ」

「あ、そうでした」

　具体的な話を聞くと――陽さんと私の結婚は期間限定で、お妃様の具合がよくなれば婚姻関係は解消となる。

　またお妃様達に回復の兆しが見られない場合も、同じく解消になるということらしい。

　あくまでも、結婚は私が後宮に入るための手段にすぎない。

「衣食住は保証する。それに加えて、日給も出そう」

「いやいや、お金は大丈夫です」

衣食住を提供してもらえるのならば、賃金は必要ない。おそらく、陽さんと過ごす時間が長くなれば、私の徳は一人前の仙女になれるほど高まるだろう。

仙女になる資格を得ることができたら、私にとってお金は意味を持たないものと化す。

……なんて話は、人にとって胡散臭い話でしかない。どうせ説明しても信じてもらえないだろうから、適当にごまかしておいた。

陽さんは額に手を当てて、呆れたような顔で私を見つめる。

「店主殿は、お人好しすぎる。よく、今まで生きていたな」

「運が、よかったのでしょうね」

この辺は、金ちゃんからも指摘があった。仙女となる存在《もの》はそういう生き物だと説明していたが、それを陽さんに言うわけにもいかない。

今は呆れるくらいのお人好しだと思っておいてもらうしかないだろう。

「金を受け取らないのであれば、服や髪飾りなど、必要な品を買ってやる。考えておくように」

「あ、そういうのを思いついてしまいましたか」

「正当な対価だ」

少なくとも、半年間は陽さんと結婚生活を送るらしい。見習い仙女である私が、人間の男性との共同生活に耐えられるのか。

不安がよぎるが、頑張るほかない。

「では、せっかく夫婦となるのですから、なるべく仲良くいたしましょう」

「仲良く？」

私の言葉を復唱した陽さんは、意味に気づくと顔を背ける。頬が、微かに赤くなっているような気がした。

いったいどんな〝仲良く〟を考えているのやら。想像できない。

「あ、そういえば、名前を名乗っていませんでしたね。今更ですが、桜桃香と申します」

「桃香……」

名前を口にされると、こそばゆい気持ちになる。これまでどおり〝店主殿〟と呼んでもらいたかったのだが、夫婦となるのでそうもいかないだろう。

「俺のことも、伊鞘、と」

「わかりました。えーっと、では、伊鞘さん、と呼ばせていただきます」

名前を呼ばれるだけでなく、呼ぶのも照れてしまう。

なんなのか、この落ち着かなくなるような感情は。

夫婦生活を営むというのは、思っていた以上に大変らしい。

いきなり身をもって痛感してしまった。


その日の晩は、陽さん改め伊鞘さんが夕食を振る舞ってくれるという。いったい、どんな料理が出てくるのか。ドキドキしていたら、食卓に思いがけない物が運ばれてきた。

「質素ですまない」

「……え!?」

驚くなかれ。お皿の上には、干し芋があるだけだった。差し出された陶器がぼそりと呟く。「わびしい」と。

伊鞘さんは無表情で、干し芋をもそもそと食べ始めた。

「いや、ちょっと待ってください！　これ、食事ではなくて、おやつですよ」

その言葉に、伊鞘さんは小首を傾げる。美しい黒髪が、さらりと流れた。

「も、もしかして、三食干し芋とかじゃないですよね？」

「昼は、桃香の食堂で食べていたが？」

「それって、朝食と夕食が干し芋だけだったってことじゃないですかー!!」

食への無頓着っぷりに、頭を抱えて叫んでしまった。

彼の毎日の体調不良を呪いのせいだと思ったことは、撤回させてほしい。

「そんな偏った食生活だから、具合も悪くなるんですよー!!」

「そうなのか？」

「そうなんです！　ご存じないのですか？　正しい食生活が、健康を保つということを」

「初めて聞いた」

がっくりとうな垂れる。

「ちょっと、台所を見せていただけますか？」

「わかった」

石を詰めて作った廊下を通り抜け、薄暗い台所にたどりつく。ここではほとんど料理していなかったのだろう。竈《かまど》は埃を被っていた。

食品庫には、大量の干し芋、乾麺、干し肉、豆、米と、見事に乾燥した食品ばかり揃えられていた。

「なぜ、保存食しかないのですか？」

「それは――」

なんでも、忙しい日々を過ごしていて食品を腐らせてしまうことが多々あったらしい。料理もできないので、だったらと保存期間の長い食品のみ買い集めたのだとか。

「とりあえず、今日は干し芋と米を使って粥を作ってもいいでしょうか？」

「いいのか？」

「はい。というか、作らせてください」

夫婦関係を解消したあとも料理ができるように、伊鞘さんに干し芋粥の作り方を叩き込んでおきたい。

「作り方は簡単です。子どもでも作れます」

まず、鍋に研いだ米と水を入れて、中に火が通るまでぐつぐつ煮込む。

「その間に、干し芋を切ります」

角切りにした芋は、そのまま米を煮る鍋の中へ。

「あとはひたすら、交ぜるのみ」

仕上げに塩で味を調えたら、干し芋粥の完成だ。食器棚を覗き込むと、深皿の陶器が声をかけてくれた。

「こっちだよー」

「こっち、こっち」

「使われるのは、久しぶりだー」

家族三人分の深皿を見ていると、ちょっぴり切なくなる。金ちゃんの分を入れてちょうど三枚、深皿を手に取った。

あつあつの干し芋粥を、木のおたまで掬って深皿へと流し込む。

「あぁー、温かい」

「気持ちいいねえ」

「沁みいるようだ」

深皿達はしみじみと呟いている。

陶器にとって、誰かに使われることがなにより幸せなのだ。

私が深皿に粥を流し込む様子を、伊鞘さんは不思議そうに覗き込んでいる。

「どうかしましたか？」

「桃香、猫も粥を食べるのか？」

「ええ。あの猫は、金華猫。金ちゃんって言うんです」

「金ちゃん」

無表情のまま、復唱しないでほしい。なんというか、伊鞘さんは真面目を通り越して、天然なのかもしれない。

再び食卓につき、食事を始める。金ちゃんも椅子に座り、粥が冷めるのを待っていた。猫舌なので、熱いものは食べられないのだ。

ちなみに金ちゃんは、伊鞘さんの前ではあやかしとバレないよう普通の猫を装っている。普段より大人しくお澄まし顔なので、笑ってしまいそうになるが我慢だ。

「では、いただきましょう」

材料は干し芋と米、塩のみという素朴すぎる料理を食べる。派手なおいしさはないが、心がほっこりするような優しい味わいだ。

「おいしい……」

伊鞘さんは、独り言のように呟く。

彼はきっと、食に興味がないわけではない。単に料理の仕方がわからなかっただけなのだろう。

しっかりと食事を食べなければ、元気になれない。その辺を訴えておく。

「伊鞘さん、食養生という言葉をご存じでしょうか？」

「いや、知らない」

いい機会なので、説明する。

食材には、薬と同じように体を癒やす効果がある。さらに、食材同士を組み合わせることによって、相乗効果を狙えるのだ。

「芋には、胃腸を丈夫にする効果があり、お米には疲労回復効果が期待できるのです。つまり、芋粥を食べると、体の内側から元気になれる」

「なるほど。それを聞いたら、干し芋を食事としてそのまま食べるのは、愚かしい行為に思えてならないな」

「でしょう？」

もちろん、体にいいからといって、同じ食材ばかり食べるのも厳禁である。その辺も補足しておく。

「そういえば、桃香はどのようにして、俺の体調不良に気づいていたのだ？」

「そ、それは……！」

陶器の声を聞いているなんて言えるわけがない。が、嘘を言えば、胡散臭く思われる。

嘘を半分、真実を半分。織りまぜて説明してみた。

「お茶を飲んでいるときに、お客さんをじっくり観察するのです。温かいお茶を飲んだのに、顔色が悪かったり、胃を摩ったり、喉を気にしたり。意外と、体調不良は行動に出るものなんですよ」

「言われてみればそうかもしれない」

納得してくれたようなので、ホッと胸をなでおろす。

「では、妃の診察をするときにも、茶をふるまうのか？」

「そうですね」

「だったら、父が大事にしていた磁器の湯呑みを使うか？」

「いえ、磁器じゃダメなんです！」

力強く訴えたあと、ハッとなる。伊鞘さんは不可解な生き物を見るような目で、私を見つめていた。

「あの、なんと言いますが、私はその、陶器が好きでして」

残念ながら、私の力は〝陶器の声を聞くこと〟であり、磁器の声は聞こえない。

パッと見た感じ、陶器と磁器を見分けるのは困難である。しかし、材料からちがうのだ。

陶器は陶土と呼ばれる粘土で作られ、磁器は陶石と呼ばれる石粉から作られている。

陶器は完成品も素朴な感じで、昔から庶民の暮らしとともにあった。

一方で磁器は、なめらかで美しい曲線を描いている。そのため、高貴な人々に愛されているのだ。陶石は一部地域でしか採れず、作り方も広まっていない。そのため、一点一点が大変高価なのだ。

本来ならお妃様に持っていくのは、磁器のほうがいいだろう。伊鞘さんはまちがったことを言っていない。

「えーっと、すみません。仕事に、趣味を持ち出してしまい。その、磁器は繊細で、扱うのも難しいかな、と思いまして」

「いや、いい。使いやすい道具を使ったほうがいいだろう」

「ありがとうございます」

それからちょっぴり、気まずい雰囲気になる。気を利かせてくれたのに、申し訳ない。しょんぼりしていたら、伊鞘さんがボソボソと喋り始める。

「……そういえば俺も、茶の席で磁器を出されたとき、うっかり床に落としたことがあった。そのときは運よく割れなかったのだが、肝を冷やした記憶がある」

日常使いをするならば、陶器がいい。伊鞘さんはきっぱり言い切る。その言葉に、勇気づけられた。

「あ、お代わりしますか？」

「ああ。もう少しだけ、いただこう」

食卓にお粥を煮込んだ鍋を持ってきていたので、一度交ぜてからよそった。ホカホカと、お粥から湯気が漂う。深皿が、「はあ〜、いい湯加減だ」と言って喜んでいた。

「たくさん、召し上がってくださいね」

「ありがとう」

伊鞘さんはこの前、食堂で見せてくれた、淡い微笑みを浮かべる。

じわりと胸が温かくなったのは、これで徳が得られたからだろう。決して、彼に対する気持ちが高まったからではない。

そんなことを考えながら、伊鞘さんとの初めての夜を過ごした。

第一章 ◆ 春宮 ふっかふかの蓬莱風カステラ

庭の木々が、美しく紅葉している。すっかり季節は秋となっていた。

ぼんやり過ごしているつもりはなかったが、時はあっという間に流れていく。

見習い仙女として生を受けて十八年——ありえないことに私は人間と結婚したのだ。

仙女と人間の結婚だなんてありえない。ただ、これはあくまでも契約的な婚姻。

当然ながら、普通の夫婦のように初夜なんてものはない。別々の部屋で眠り、平和な朝を迎えた。

「んん？」

外から、ぶんぶんとなにかが空を切るような音が聞こえた。庭のほうを覗き見ると、伊鞘さんの姿があった。

手にした木刀を、一心不乱に振っている。気になって、外に出てみた。

「伊鞘さん、おはようございます」

「おはよう」

「剣の、稽古ですか？」

「そうだ」

健康のため、朝晩に剣を振っているらしい。手が空いているときは、知り合いの兵士に頼み込んで稽古も付けてもらっているようだ。

「武官ではないのに、なぜ稽古を？」

「父に武芸は身に付けておいて損はないと教えられた」

「なるほど」

私もやったほうがいいのだろうか。そう思って木刀を借りたのだが、思いのほか重たくてふらついてしまう。

毎日続けたら、伊鞘さんのように振り続けることができるのか。

あまり向いていないような気もしたが、時間があればやってみようと思う。


朝食後、伊鞘さんから衝撃の予定が発表された。

「これから、皇帝陛下に謁見《えっけん》する」

「な、なんですと!?」

結婚の報告をするらしい。皇帝に近しい者達は、その義務があると。

「通常、妻の紹介は不要なのだが、桃香は後宮妃を癒やす〝薬膳医〟として紹介したい」

「薬膳医とはなんですか？」

「食をもって病を癒やす医者だ。昨日、桃香の食養生の話を聞いているとき、いい言葉を思いついたのだ」

聞いたことがないと思っていたら、伊鞘さんが考えた言葉だったらしい。

「しかし、なんと言いますか、非常にインチキ臭い名前ですね」

「その辺は心配いらない。紅禁城には、ほかにも怪しい占い師や陰陽師が出入りしている」

「なるほど。だったら、大丈夫……なのかな？」

もはや不安しかない。けれど、行くしかないのだろう。

昨日の残りの干し芋粥を朝食として食べ、身支度を行う。

着物は、伊鞘さんの母君が使っていた物を貸してくれるらしい。趣味のよいご夫人だったようで、美しい着物の数々が抽斗《ひきだし》に収められていた。

「新しい着物も買ってくる」

「いやいや、必要ないです。それよりも食材を買ってきてください」

重ねてお願いしたら、不服そうな表情でこくりと頷いてくれた。

皇帝陛下に謁見するなら、装いは派手すぎず、地味すぎずがいいだろう。私は並べられた衣装から桃色の上衣に、白の下衣を合わせたものを選んだ。しっかりと、帯も締める。

髪も時間をかけて丁寧に編み込む。桃の花の櫛があったので、髪に挿した。

化粧品も借りる。だいぶ古くなっているだろうと伊鞘さんは話していたが、十分使える。私がこれまで使っていた物より、ずいぶんと上等な品々であった。白粉を塗り、目元に赤い線を入れて、頰紅を叩き込む。最後に、鮮やかな赤い紅を唇に塗ったら、完成である。

鏡を覗き込むと、これまでにない身ぎれいな私の姿が映し出された。

というか、昨日の私が酷すぎた。

火事のせいで煤にまみれ、髪もボサボサで、寝間着姿の私は、将来華やかで美しい仙女になるようにはとても見えなかった。まるであやかしである。

それにしても、陽家の暮らしぶりは質素そのものだが、伊鞘さんが着ている服やここにある小物は上等な品々だ。姿を映し出す鏡も、そのままの姿を映し出す。鏡は贅沢品で、市場に出回っている品は粗悪品ばかりだというのに、ここにあるのはちゃんとしたものだ。おそらく、皇帝陛下やお妃様達から下賜された品々なのだろう。それだけ、陽家は重宝され、期待に見合う働きをしているということなのだ。

私の一挙手一投足《いっきょしゅいっとうそく》が、仕事が、陽家の評価に繋がる。下手な対応をし陛下の不興を買ったら、陽家の地位を落とすことになる。それらを考えると、自然と背筋が伸びる。

気合いを入れて、謁見に臨まないといけない。

紅禁城には、三つの執務を行う宮殿があるという。その中で、謁見を行うのは外廷にある紅蓮殿《ぐれんでん》と呼ばれる本殿である。

とはいえすでにここは城内なので、自宅から巡回の馬車に乗って向かうのだ。

紅蓮殿を囲む塀の周囲には、長蛇の列ができていた。皇帝陛下と謁見するために、並んでいるらしい。

私達は並ばずに裏門から入ることができた。開門前に皇帝陛下にお目通りするようだ。

皇帝陛下の宮殿は、裏から見ても絢爛豪華《けんらんごうか》であった。紅蓮殿の名に恥じず、屋根も柱も壁も、すべてが真っ赤である。内部は、七十二候ノ国の皇帝の象徴である龍の彫刻が天井や壁、柱に至るまで彫られていた。実に美しく、見事な彫刻である。

長い長い廊下を歩いた先に、見あげるほどに大きな鉄製の扉が現れた。この先が、皇帝陛下と謁見するための部屋だという。

これまでになく、落ち着かない気持ちをもてあます。

私は人ではないものの、相手は皇帝陛下。すっかり人間界に馴染んでいる私は、人の子のように猛烈に緊張していたのだ。

国民にとって現在の皇帝陛下は英雄でもある。というのも、悪の化身と呼ばれていた先王は、現在の皇帝陛下率いる反乱軍の手により処刑された。悪政を敷いていた先王の死は、暗黒時代の終わりを告げた瞬間でもある。

治安が荒れに荒れていた先王の時代とは異なり、即位した若き皇帝の時代の治安は安定している。賢王の時代がやってきたと、誰もが喜んでいる。私が店をやっている間も人々がそう話すのを度々聞いた。

そんなわけで、皇帝陛下は私にとって雲の上にいるような存在だ。まともに話せるのだろうか。心配しかない。ガクガクと膝が震える中、伊鞘さんがそっと背中に触れてくれる。顔を見あげると、大丈夫だと言わんばかりの優しい目を向けてくれた。

不思議と震えが収まる。伊鞘さんがいれば大丈夫だ。そんな気持ちが込みあげてくる。

銅鑼《どら》の音が鳴らされた。いよいよ謁見が始まる。

鉄の扉が重々しく開かれると、部屋には真っ赤な絨毯が敷かれ、護衛の兵士達が左右にずらりと並ぶ。その間を恐るおそるうつむきながら歩いていく。

皇帝陛下は玉座にどっかりと座っていたが、許しがあるまで顔をあげてはいけないと事前に言われていた。

伊鞘さんが立ち止まったところで、その場に膝をつく。手を合わせ、頭《こうべ》は垂れたままで言葉がかかるのを待つ。

「面をあげよ」

想像以上の、年若い声だった。玉座に腰かけていたのは、二十歳半ばくらいの青年であった。彼が、かの有名な英雄、秦龍月なのだろう。

長く美しい髪を頭の高い位置で結いあげ、魔除けの赤い紐で縛っている。紅の御衣《ぎょい》は、皇帝にのみ着用を許された一着。この国において、紅は高貴な支配者を示す色である。

瞳は紅玉のように赤く、肌は陶器のようになめらかで白い。すらりと長い手足を、玉座でもてあましているように見えた。

目元に朱を入れ、唇には紅を塗っている。どうやら、化粧をしているようだ。それが、美貌をさらに際立たせている。

男性が化粧をしているのを初めて見たので驚いた。きっと、高貴な御方にのみ許されるものなのだろう。

伊鞘さんとは別方向の、神秘的な美貌を持っている。

加えて年若い青年にもかかわらず、ひれ伏したくなるほどの貫禄があった。

かの御方が賢帝なのかと、これでもかと実感した。

「――して、彼女が我が妃を治療する医者か？」

「はっ。彼女は〝薬膳医〟といい、料理で病を治す医者にございます」

「ほう、薬膳医か。初めて耳にする」

「食をもって病を治す、国内で唯一の医者でございます」

伊鞘さんの物言いは堂々としていて、とても嘘を捲《まく》し立てているようには見えなかった。さすがである。

「後宮に足を踏み入れるということは、その薬膳医は我の妃となるのか？」

「いえ、彼女は私の妻にございます」

伊鞘さんは淡く頬を染めつつ、結婚の報告をする。契約的な婚姻なのだから、照れなくてもいいのに。

それともこういう初心《うぶ》なところを、「愛《う》い奴め……！」と愛でればいいのか。

昨日から、見た目と中身の隔たりばかり見ているような気がする。

伊鞘さんの結婚報告に、皇帝陛下は一瞬だけピリッとした空気を発した。本当に、瞬きをするほどの短い時間だった。伊鞘さんは気づいていないようで、話を続けている。

なんというか、どろりとした黒い感情だったように私には思えたのだが……。

もしかして、皇帝陛下は伊鞘さんのことが好きだった？　なんて考えは、皇帝陛下の明るい笑顔によって吹き飛ばされた。

「おお、そうであったか。これはめでたい！　そなたがいつまで経っても嫁を取らぬものだから、やきもきしておったのだ」

先ほどの空気は、気のせいだったのだろう。皇帝陛下は伊鞘さんと私の結婚を喜び、祝福してくれた。

「お妃様の治療は、妻、桃香にお任せを」

「おお、期待しておるぞ」

皇帝陛下がそば付きにボソボソと耳打ちしている。話を聞いた者がなにかを命じ、背後に控えていた兵士が盆に載った品物を持ってくる。

私のほうへと差し出されたそれは、銀でできた小さな印籠《いんろう》であった。

「これは、後宮に出入りをする医者が持ち歩く印籠だ。それがあれば、妃らも大人しく治療を受けるだろう」

「あ、ありがとうございます」

ずっしりと重たい銀の印籠を、ありがたくいただいた。

「以上だ」

終わりのようだ。深々と頭をさげて、立ちあがる。

ドキドキと高鳴る心臓を押さえつつ、謁見の間をあとにした。

緊張の糸が切れたのは、伊鞘さんの家に戻ってきた瞬間。金ちゃんが尻尾を振り、「おかえりなさい」と声をかけてくれる。

「うわー、緊張したー！」

机で寝そべる金ちゃんに駆け寄り、お腹に顔を寄せる。スーハーと、金ちゃんのお腹を吸った。

「な、なにをするの!?」

「ちょっとだけ吸わせて」

金ちゃんのお腹を吸っていると、ざわざわしていた心がいくぶんか落ち着く。やはり、猫吸いは私にとって、万能薬なのだ。

「桃香。昨日もしていたが、それはなんなのだ?」

いつの間にかすぐそばに来ていた伊鞘さんに、ギョッとする。金ちゃんも、両手で口元を覆っていた。

顔をあげると、伊鞘さんは昨日同様、不審者を見るような目を私に向けていた。

「猫吸いを、ご存じないのですか?」

「初めて聞く」

私は真剣に、猫吸いについて説明した。

「可愛い猫のふかふかのお腹に鼻をつけて吸うと、いい匂いがして、ほんわかとした気分になって、とっても癒やされるんです。伊鞘さんも、やってみますか?」

「いや、遠慮する」

「そうですか」

蓬萊にも仙女が可愛がる猫が何匹もいたが、金ちゃんほど毛並みがよく、いい匂いのする猫はいなかった。毎回嫌がられるけれど、これだけはやめられない。一応、金ちゃんには猫吸いの対価を払っているので、これからも頑張っていただきたい。

「そういえば、伊鞘さんって、皇帝陛下との謁見に慣れているといいますか、そこまで緊張されていないご様子でしたね」

「俺は、皇帝陛下の遊び相手だったのだ」

「遊び相手？　家族ぐるみのお付き合いをしていた、ということですか？」

「まあ、そうだな」

なるほど。幼なじみの結婚に、皇帝陛下は寂しさを覚えていたと。ピリッとした空気は、やはり伊鞘さんを私に取られたと思ったゆえのものだったのか。

人間は人間に執着するという。同性とはいえ、ありえない話ではないのだろう。

なにはともあれ、皇帝陛下への謁見は無事終わった。今度は、後宮に行って、お妃様の容態について調べる必要がある。

「ではさっそく、後宮に行こうと思っているのですが」

「すまないが、頼む」

後宮に行く前に、伊鞘さんから説明を聞く。

皇帝陛下は、四名の妃を娶っている。現在、皇后は不在。後宮には、四つの宮殿に四美人と呼ばれる四人の妃がいるという。

春宮には、愛情深い瑠璃妃《るりひ》が住んでいる。

夏宮には、心優しき朱那妃《しゅなひ》が住んでいる。

秋宮には、絶世の美女と名高い瑞貴妃《みずきひ》が住んでいる。

冬宮には、誰よりも気高く賢い凜々妃《りりひ》が住んでいる。

伊鞘さんはお妃様に直接会ったことはないようだが、連絡役である宦官からいろいろ話を聞いているらしい。

季節を巡るがごとく、春宮から回るように伊鞘さんから助言を受けた。

「あと、後宮には限られた人しかいないが、この紅禁城には、さまざまな者が行き来している。善人ばかりとは限らない。深く関わらないよう、注意しておけ」

夜盗や山賊といったわかりやすい悪人はいないものの、紅禁城で成りあがるためになりふり構わない行動に出る者もいるようだ。

活動資金が必要とあれば、その辺を歩いている女官を攫って売り飛ばすなんて事件も過去にあったという。

「ここには、出世欲をもてあます者が大勢いる。そういった者達の野心に巻き込まれないように、注意しておいたほうがいい」

「わ、わかりました」

なるべく、この辺りはふらつかないほうがいい。

人間界にやってきてはや六年。人間の恐ろしさは、嫌というほど実感してきた。

まだ、「お前の血肉を食ってやるぞー！」と悪事を宣言しながらやってくるあやかしのほうが、良心的な気がした。だってあやかしは、人みたいに善人ぶって近づき、騙すなんことをしない。人々はあやかしを恐れるが、やはり本当に怖いのは人間なのだ。

　そんな中で下心なく私を助けてくれた伊鞘さんの心は、言葉にできないほど美しいと思ってしまう。人の中にも、善人はいる。だから、ひとまとめにして「恐ろしい」と決めつけるのはよくないのだろう。

　ただ、警戒しておくに越したことはない。伊鞘さんの言葉に、深々と頷いた。

「俺はこれから、街に買い物に出かける。桃香が必要な品は――」

「食材です！」

　必要なものを、一覧として紙に書いていたのだ。それを、伊鞘さんに託す。

「本当に、食材だけなのだな」

「服や装身具は、お義母様の私物を使えばいいので」

「わかった」

　出発する伊鞘さんに、声をかける。

「お昼になったら、ちゃんと食堂で食事をしてくださいねー！」

　伊鞘さんはこくりと頷いたが、時間があれば、みたいな顔をしていた。本当に食べるのか、非常に怪しい反応である。

　朝、お弁当を用意すればよかった。ぐぬぬ……と、思い至らなかったことに悔しい気持ちを抑えつつ、私も仕事に行かなければ。

　まず、陶器の茶器と茶葉を用意する。台所を覗き込むと、いろいろ揃っていた。その中で、いくつかの種類を見繕って籠に詰める。湯は、後宮でもらえばいいだろう。

食卓の上で眠っている金ちゃんに、声をかけた。

「さてと。金ちゃん、行こうか」

対価であるお酒をちらつかせる。すると、すっくと立ちあがって言った。

「面倒だけれど、特別に付き合ってあげるわ」

「頼もしいです」

金ちゃんとともに、目と鼻の先にある後宮を目指す。門を守る兵士に緊張しながら印籠を見せたら、あっさりと中に通された。

後宮はまるで、それ自体がひとつの街であるように造られていた。女官や宦官が行き交い、商店や食堂もある。その中で、ひときわ豪奢な建物が、お妃様の住まう宮殿だろう。

伊鞘さんが話していたとおり、内部はそこまで広くない。十分に徒歩で行き来できる。

まずはじめに向かうのは、春を冠する宮殿。

春宮に住んでいる瑠璃妃は、愛情深い人物だという。物にそこまで執着しないようで、ほかのお妃様のように買ってきた品はまちがっていないのに「これはちがう！」などと文句をつけることはしないのだとか。

なんというか、御用聞きも大変なお仕事だ。

と、考え事をしている場合ではない。お仕事に集中しなくては。

春宮はその名にふさわしく、麗しい春の花々が壁や柱に彫刻されている。外にいる警護を担当する宦官に印籠を見せたら、こちらも問題なく通してもらえた。ひとまず、第一関門は突破である。続いて金ちゃんも「当然！」という顔で中に入ろうとしたが、宦官より待ったがかかる。

「おい、猫はダメだ。瑠璃妃様は、具合を悪くしているんだぞ」

「そうだそうだ」

金ちゃんは毛を逆立て、「シャー！」と抗議の声をあげる。が、それも空しく、行く手を阻まれてしまった。

「あの、金ちゃん、そこで待っていてね」

金ちゃんは私に対しても、「シャー！」と鳴いていた。申し訳ないと思いつつ、ひとりで春宮に足を踏み入れる。

中で数名の女官に出迎えられ、用件を聞かれた。

「あの、私は薬膳医である桜桃香と申しまして、瑠璃妃様の診察をするために、馳せ参じました」

薬膳医、という耳馴れない言葉に、女官達は眉をひそめている。視線を私に向け、ヒソヒソと耳打ちしていた。

「あの、皇帝陛下に、診断の結果を説明しなければいけないので、瑠璃妃様に会わせていただきたいのですが」

皇帝陛下の名前を出されると、強く出られないのだろう。しぶしぶといった様子で、奥へと案内された。

なぜか急ぎ足で、女官は歩いていく。ついていくだけでもやっとだ。

そんな中、私は女官へと質問を投げかけた。

「あの、瑠璃妃様のご容態を教えていただきたいのですが」

「食欲不振と目眩、それから嘔吐を繰り返すことくらいかと」

「熱はありますか？」

「いえ、とくになかったかと」

これらの体調不良が、一ヶ月以上続いているという。

症状を聞いただけでは、いまいちピンとこない。やはり、陶器の声を聞かなければならない。

長い長い廊下を、進んでいく。途中、中庭があったが、秋なのに美しい花々が咲き誇っていた。話を聞いたところ、温室で育てた花をわざわざ植え替えているらしい。さすが、春宮と謳われるだけある。

もっとも奥にある部屋に、瑠璃妃はいるようだった。

扉の前には、そば付きの女官がいた。ここでも、厳しい視線がグサグサと突き刺さる。

その辺にいる年若い女官とちがい、貫禄のある女官であった。佇んだ姿を見るだけで、「こいつ、強い……！」というのがわかる。

「あの、瑠璃妃様と面会したいのですが」

「瑠璃妃は、誰とも会わないとおっしゃっています」

「そんな。皇帝陛下から、瑠璃妃様を診察するように命じられているのですが」

「ここでは、皇帝陛下の命令よりも、瑠璃妃の命令が優先されます」

残念ながら、春宮では皇帝の権力が通じないらしい。皇帝からいただいた印籠を見せても、まったく効果はなかった。

「扉越しにお話しするのはいかがでしょうか?」

「なりません」

「おいしいお茶を持ってきているのです。飲んでいただくわけには」

「なりません」

「あの、少しだけ」

「なりません」

「では」

「なりません!!」

最後の「なりません!!」には、これ以上なにも言うなという牽制《けんせい》も滲んでいた。あまりの迫力に、思わず口を噤む。

このままなにもせずに帰ったら、皇帝陛下の不興を買う。

それに私の行いが、陽家の評価に繋がる。なにもせずに、帰るわけにはいかない。

女官にじろりと睨まれたが、ここで負けるわけにはいかなかった。眦《まなじり》に涙が浮かんできたものの、なんとか耐える。

「お願いします！　瑠璃妃様に、会わせてください」

「なりま――」

「ねえ、誰か来ているの？」

そのとき、扉の向こうから声が聞こえた。きっと、瑠璃妃だろう。

「あの、瑠璃妃様でしょうか？」

「ええ、そうよ」

瑠璃妃の声は、どこか色っぽさを感じる艶のある声だった。姿こそ見えないが、成熟した大人の女性であるのだろう。

ただ、瑠璃妃の特徴であると言われた愛情深い、という点はまだイマイチわからないままだったが。

「あなたは誰？」

「薬膳医の、桜桃香と申します」

「薬膳医ってなんなの？」

「食べ物で、病を治す者です」

「ふうん。薬膳医、ねえ。その薬膳医様は、なにをしにきたのかしら？」

「具合が悪いという瑠璃妃様の、治療にやってまいりました。一度、診察させていただけませんか？」

「どうしようかしら？」

迷う瑠璃妃に、女官が声をかける。

「瑠璃妃、なりませんよ！　容態が余計に悪くなります！」

私も負けじと、瑠璃妃に声をかけた。

「そんなことはありません！　体調を悪くする原因を探り、しかるべき料理を食べれば、きっと、ご容態もよくなります」

「そうよね。でも……」

女官も負けない。大きく声を張りあげ、訴える。

「薬膳医などという、怪しい医者の言う言葉なんか、聞き入れたらなりませんよ」

「それは、そうだけれど」

一方で、私も負けてはいられなかった。腹の底から声を出す。

「私は、瑠璃妃様の力になりたいんです！」

「わかったわ。そこまで言うのならば、私の力になってもらおうかしら。でも、その前に――」

まず、本当に瑠璃妃の力になる気があるのか、調べるようだ。

医者といえど、信頼に値する人物でないと治療を受ける気にはならないらしい。

「私が言う品物を、街で用意してくれる？」

酒と卵、それから漢方と茶葉を用意するように命じられた。私のやる気を、試しているらしい。

「近くの商店にお酒は売っていないから、紅禁城を出て外に買いにいかなくてはいけないの。大丈夫？」

「はい。今すぐ、買いにいってきます」

扉の向こうにいる瑠璃妃に頭をさげ、踵を返す。走って買いにいこうとしたが、途中であることにふと気づいた。女官のもとまで戻る。

「なんですか？」

「あの、私、お金を持っていなくて」

遠慮がちに手を差し出すと、盛大なため息をつかれてしまった。

「買い物をするときは、印籠を見せて瑠璃妃の買い物だと言うと、品物をもらえます」

それは後宮にある商店でも、街にあるお店でも、王都であれば通用するらしい。

後日、紅禁城のほうへ商店側から請求が来る仕組みなのだとか。

「皇帝陛下の印籠って、便利なんですね」

「当たり前です。皇帝陛下の勅命を表す品物ですから。しかし、悪用すれば、すぐに牢獄送りですからね」

「わかっております」

そんなわけで、瑠璃妃からの信頼を得るために、私は頼まれた品々を街まで買いにいく。

春宮から出た瞬間に、金ちゃんが飛び出してきた。全身の毛を逆立たせる彼女を抱きあげ、いったん家に戻ることにする。

誰もいないところで、金ちゃんは憤っていた。どーどーと言いながら、背中を撫でる。

「ただいま戻りましたー」

返事はない。当たり前だけれど、伊鞘さんはまだ戻ってきていなかった。

「金ちゃん、ごめんね！」

「まったく、入場拒否されるなんて、思いもしなかったわ！」

猫好きの女官や宦官に近づかれて困っていたらしい。

「それはそうと、桃香。春宮の妃の具合はどうだったの？」

「残念ながら、会えなかったんだ」

「どうして？」

「よくわからないのだけれど、信頼に値する医者ではないとかで」

「なんなの、その言い分は。本当に、病を治す気があるのかしら？」

「それは、そうだね」

お妃様にとって、世継ぎを生むことはなによりも大事なお役目である。体調不良でそれが果たせないともなれば、藁《わら》にもすがるような気持ちで治療を受けてもいいものだが。

「しかも、声を聞いた感じでは、そこまで病人という感じではなかったんだよね」

「ますます怪しいじゃない」

瑠璃妃はほぼ毎日、食欲不振と目眩、それから嘔吐感を訴えているという。問診だけで完治に導くのは、本物の医者であっても難しいだろう。

「とりあえず、瑠璃妃様の信頼を勝ち取るために、街までお買い物にいってくるよ。金ちゃんは行く？」

「いい。どうせ、人込みでもみくちゃにされるから」

「だったら、もしも伊鞘さんが帰ってきたら、お買い物にいったたって伝言をお願い」

「猫が喋ったら、あの男はひっくり返るわよ」

「あ、そうだった」

私が人ではなく、見習い仙女であることは伊鞘さんに話していない。人間に正体を話したって信じてもらえるかわからないからだ。

人間界に降りるとき薔薇仙女にも、能力を利用されないために、正体は明かすなと言われた。

ただ、もし人間に正体を明かしたとしても罰則はきっとないのだろう。仙女が恋に落ちて風になるときのように、あれば言われるはずである。

「いつか見習い仙女だってこと話すの？」

「うーん、わからない」

なんとなく、伊鞘さんにならば本当のことを言っても「そうか」と反応は薄い気がした。

「と、お喋りはこれくらいにして、お買い物にいかないと」

「ねえ、桃香。置き手紙くらい、残していきなさいよ」

「あ、うん」

伊鞘さん宛てに、瑠璃妃のお使いで市場に出かけてくるという旨を書いておく。

「これでよし、と。今度こそ、いってきます」

「いってらっしゃい」

金ちゃんは尻尾をゆったり振って見送ってくれた。

城内で巡回の馬車は頻繁《ひんぱん》に通っているというが、乗り場に立っても人っ子ひとりも見かけない。

はてさてどうしようかと思っているところに、荷車を引く馬とお爺さんが通りかかる。

「お嬢さん、もしかして、街に行くのかい？」

「はい」

「馬車が通るまでしばらく待たないといけないから、荷物と一緒でいいのならば、乗っていくといい」

以前、伊鞘さんも巡回の馬車がいないからと荷馬車に乗っていた。ここでは、こういうことがよくあるのだろう。

ありがたく、同乗させてもらう。

しばらく、紅禁城の広い道を荷馬車が進んでいく。

ところどころに植えられた木々は、赤や黄色に紅葉していた。秋を感じつつ、景色をぼんやり眺める。

荷台には、壺やら木箱やらがどっさり載っていた。お爺さん曰く、後宮から返品される品々らしい。

「妃達は御用聞きの兄ちゃんが一日中街を駆け回ってせっせと買ってきた品を、気に食わないの一言で返品するんだよ」

「そ、そうなのですね」

御用聞きの兄ちゃんというのは、伊鞘さんのことだろう。なんというか、お疲れ様ですと言いたくなる。

「お嬢ちゃんは、後宮の出入りを許可されている上位女官かい？」

「いえ、私はただの雑用係です」

「そうかい。お互いに、大変だ」

「で、ですね」

守秘義務についてはなにも言われていないものの、見ず知らずの私にベラベラ喋るお爺さんにこちらの個人情報を教えるのは得策ではないだろう。適当に、話を流しておく。

「毎日毎日、私はこうして返品される品物を運んでいるのさ。とくに、冬宮のお妃様が突き返した物が多くてなあ」

「あれ、でも、返品って、品物代はすでに払っているような……？」

突然馬車が停まり、お爺さんが振り向く。表情がなかったので、ゾッとしてしまった。

「ただの雑用係が、どうしてそれを知っているのかな？」

「う、噂で聞いただけで、本当かは、わからないです」

「そうかい、そうかい」

お爺さんはおもむろに蓋を開いた木箱を探り、珊瑚らしき髪飾りを差し出してくる。

「これを、あんたにあげるよ」

「え？」

「だから、その噂話は忘れるんだ」

珊瑚でできた品はとても高価だと、聞いたことがある。気軽に受け取れる品ではない。

どうして返品する品を渡す権利を、このお爺さんが持っているのか。

お妃が頼んだ品が気に入らなかったとき、返品されるなんて話を伊鞘さんはしていなかった。

蓬萊でもそうだったが、主人がいらない品は、下の者にさげわたされる。支払いは終えているし、返品する必要なんてないのだ。

ふいに、伊鞘さんの言葉が甦る。

――この紅禁城には、さまざまな者が行き来している。善人ばかりとは限らない。深く関わらないよう、注意しておけ。

そういえば、伊鞘さんは届けた品物がないと怒られた、という話もしていたような。

伊鞘さんはきちんと頼まれた物を届けたが、実際には届いていなかったと言っていた。

それはすなわち、誰かが盗んでいたということになるのではないか。

このお爺さんは、悪人だ。気づいた瞬間、ゾッとした。

「ほら、遠慮しなくていい。受け取るんだ」

「い、いいです」

「なんだと?」

「いらないです!」

そう叫ぶと同時に、荷車から飛び降りた。背後から「おい、待て!!」という怒号が聞こえる。あとを追いかけてきているようだ。見た目はお爺さんだが、反射神経と体力はある模様。

建物と建物の間にある路地に駆け込み、全力で走り抜けた。額には汗が浮かび、心臓もバクバクである。

「はあ、はあ、はあ、はあ……!」

私を猛追するお爺さんの声や足音は、しだいに聞こえてこなくなった。ホッと胸を撫でおろす。

顔をあげると、昨日くぐった正門の前であることに気づく。走り回っているうちに、運よくたどりついたようだ。

恐るおそる背後を振り返る。先ほど伊鞘さんと訪れた謁見の間がある宮殿が佇んでいた。柱に絡みついた精緻な龍の彫刻に睨まれているような気がして、どきんと胸が跳ねる。

お前は善人なのか、悪人なのか。そう問われているような気がして、落ち着かない気持ちになった。

まさか、盗みを働いているお爺さんに出会うなんて運が悪い。しかも私という目撃者をすぐに排除せず、共犯者に仕立てようとするなんて。改めて背筋が寒くなる。

ぶんぶんと首を横に振って頰を叩く。ここで戦々恐々としているのは、時間の無駄だ。今、できることをしなくては。

踵を返して門をくぐる。瑠璃妃のために、買い物をしにいこう。

紅禁城の正門から市場までは、目と鼻の先であった。広場に作られた天幕の下には台が置かれ、さまざまな商品が並べられている。

瑠璃妃に頼まれた品は――酒と卵、それから漢方に茶葉。

ひとまず先に、漢方と茶葉から買う。

市場は昼夜問わず、大盛況だ。国中から新鮮な野菜や魚、肉などが集められ、良心的な価格で販売されている。皇帝陛下が税率をさげてくれたおかげで、市場も以前よりずっと賑わうようになっていた。

頼まれた漢方は、便秘を緩和するものだ。茶葉は、珍しい茶ならなんでもいいとのこと。高貴な御方がどんなお茶を好むのかわからないので、桂花茶《けいかちゃ》にした。

桂花茶は金木犀の香りを移したお茶で、品のある優雅な味わいが特徴だ。薔薇仙女が好むひと品である。きっと、お気に召してくれるだろう。

続いて、食品が並ぶ商店がある通りへと向かう。

今日は大売り出しの日らしく、人通りも多い。

卵は鶏が朝産んだばかりだという、新鮮なものをと頼んで買った。最後に、一升瓶に入った酒を買う。

これで、買い物は完了だ。一升瓶を抱きしめ、ふらつきながらも市場を歩いていく。

あと少しで市場を抜ける。頑張れ、頑張れと自らを奮い立たせていたとき、背後から衝撃に襲われた。

「きゃあ！」

「チッ、痛《いて》えな!!」

振り返ると、強面のお兄さんが私をじろりと見おろしていた。

「あ、その、すみません」

「謝れば済むと思っているのか!?」

背後からぶつかってきたのは、そちら様である。私は前を見て歩いていただけなのに。

言い返したいが、恐怖のあまり声が出ない。

「肩の骨が折れているかもしれねえ。責任を取ってくれるよなあ？」

「え、そんな……！」

私みたいな小柄な女がぶつかっても、骨は折れないだろう。いったい、なにを言っているのか。

「おい、金を出せ」

「お、お金は、持っていません」

「ああん!?」

「ほ、本当です。私、お使いにきただけで……」

一升瓶を胸に抱いたまま、その場で何度か飛んでみた。小銭は持っていないぞと、主張してみる。すると、男は「たしかに金の音はしねえな」と呟いた。まさか、この作戦が成功してしまうとは。

「だったら、別のもんをよこしてもらおうか！」

「そ、そんなー！」

恐怖のあまり、声が震えてしまう。どうして一日の間に二度も、悪い奴に絡まれてしまうのか。じわじわと涙が溢れてくる。

「そうだな。金がねえんなら、その酒をよこせ」

「こ、これはダメです！」

「いいから、大人しく渡せ」

男の手が伸びてくる。咄嗟に、酒瓶をぎゅっと抱きしめた。が、抵抗なんてきっと無駄だ。一瞬で奪われて終わりだろう。

思わずぎゅっと瞼を閉じる。もしかしたら殴られるかもしれないと思い、奥歯も噛みしめた。

だが、いつまで経っても衝撃はやってこない。それどころか、男の「ぎゃあ!!」という悲鳴が聞こえた。

そっと瞼を開くと、男の伸ばした手は誰かに摑まれていた。よほど強い力で握られているのだろう。指先が青くなっていた。

いったい誰が助けてくれたのか。僭越ながら顔を拝見すると、見たことのある美貌の青年と目が合う。伊鞘さんだ。

伊鞘さんは、鬼の形相で私を見つめている。台詞を付けるならば、『ここでなにをやっているんだ!?』だろうか。

「あ、あの、伊鞘さん……」

「詳しい話は、あとで聞く」

「はい」

腕を摑まれたままで、我慢も限界だったのだろう。男が叫ぶ。

「おい、くそが!! 手を、放せ!!」

伊鞘さんは体を引き、摑んだ腕を捻りあげた。すると、男の体が空中で一回転する。

「どわー!!」

背中から着地した男は、突然の事態を把握できず、目を見開き、動かなくなった。実力差を目の当たりにして、これ以上抵抗しないほうがいいと思ったのだろう。

「桃香、行くぞ」

「は、はい」

胸に抱いていた一升瓶を、伊鞘さんが引き抜く。どうやら、運んでくれるようだ。

去りゆくうしろ姿を、急ぎ足で追いかけた。

二頭の馬が繫がれた荷車に乗り込む。御者席にふたり座れるようなので、隣に腰かけた。

伊鞘さんが合図を出すと、馬は歩き始める。

「伊鞘さん、お買い物は終わったのですか？」

「ああ」

そう言って、懐から革袋を取り出す。中にはたくさんの宝飾類が入っていた。あまりの眩しさに、目が眩みそうになる。

「うしろに積んでいるのも、お妃様に頼まれたお品でしょうか？」

「いや、これは家で消費する食材だ」

荷車には、木箱五つ分の食材が詰め込まれていた。宴でも開くのだろうか。夫婦ふたりが消費する量とは思えない。

伊鞘さんの眉間には皺が寄っていて、いかにも『怒っています！』と主張しているようだった。まずは、事情を話さないといけない。

「あの、なぜ、市場にいたか、というのをご説明したほうがよいのでしょうか？」

「いや、必要ない。どうせ、瑠璃妃からなにか命じられたのだろう？」

「そのとおりでございます。えっと、なぜわかったのですか？」

「瑠璃妃は酒好きで、最近皇帝陛下のご命令で体に悪いから飲ませないように言われていた。だから、後宮にある商店では取り扱いをしていなかったし、頼まれても買わなかった。その酒は、瑠璃妃が好む銘柄だからな」

一升瓶を抱える私を見て、即座に瑠璃妃に頼まれたのだろうと気づいたのか。さすがである。

「詳しい話は、家で聞く」

「はい」

その言葉を最後に、荷馬車はシーンと静まり返る。伊鞘さんの眉間の皺は、解れそうにない。

私に他人の気持ちなんて察する能力はない。直接聞くしかないのだ。

勇気を振り絞って、質問を丁寧に投げかける。

「あの、なぜ、お怒りなのか、聞いてもいいでしょうか？」

「それは、瑠璃妃が桃香に買い物にいかせるからだ。あとは、あの、市場で絡んでいた男にも、腹を立てている」

「私に対して、怒っているわけではないのですね？」

伊鞘さんは腕組みし、相変わらず眉間に皺を寄せたまま、こっくりと頷いた。

ひとまず、ホッと胸を撫でおろす。

ただ、伊鞘さんの機嫌は直っていない。眉間の皺を揉み、はーっと深いため息をついている。この様子だと、イラつき以外に頭痛や目の疲れも感じているのだろう。それから、どことなく気分が落ち込んでいるようにも見える。

こういう状態を、『気が昇る』という。活力が全身を巡っておらず、上のほうに溜まって気分が悪くなっているのだ。早急に、『気を降ろす』必要がある。

一刻も早く、体調不良を改善させなければ。

「伊鞘さん、帰ったらお茶を飲んで、食事にしましょう」

きっと、食事を摂っていないので、調子が悪いのだ。そうに決まっている。

だが、陶器の声を聞かないと不安だ。お茶を飲む際に陶器に触れてもらい、今一度、体調不良の詳細を聞かなければ。

ふたりで気まずい雰囲気のまま、帰宅する。

「荷物は、俺が運んでおく」

「あの、私も手伝います」

「いい。俺ひとりでしたほうが、早いから」

「わかりました。では、お願いします」

とぼとぼと歩き、家の玄関をくぐる。

はあ、とため息がひとつ零れた。

これまでは客と店主という間柄であったが、今はちがう。契約で結ばれた関係とはいえ、夫婦なのだ。

もしも、伊鞘さんの具合が食事で改善できなかったらどうしよう。そんな不安が過る。世間の夫婦は、異能なしで良好な関係を続けているのだ。それ自体が特別な能力だろうと思ってしまう。

居間に入ると、金ちゃんが机の上にいて、尻尾を振って迎えてくれた。

「あら、おかえりなさい」

「ただいま、金ちゃん」

「お買い物は、きちんとできたの？」

「おかげさまで」

伊鞘さんが買ってきてくれた、干した杏を金ちゃんに与える。

「これ、おいしいのよね」

なんだか気持ちがソワソワして、落ち着かない。こうなったら、金ちゃんに例のアレをさせてくれないかと頼み込む。

「金ちゃん、ちょっとお腹を吸わせて」

「まあ、少しだけならいいけれど」

「ありがとう」

金ちゃんは存分に吸うといいとばかりに、腕を枕にして仰向けに寝転がる。金ちゃんのなめらかな毛並みに顔を埋め、スーハーと吸った。

金ちゃんのお腹は、お日さまの香りがした。

「よっし!!」

「相変わらず、意味がわからないわ」

「私にとって、猫吸いはお薬なんだよ」

「はいはい」

いくぶんか元気を取り戻したので、そのまま台所へと向かった。伊鞘さんは食料品を、台所へ運んでくれたようだ。本人はいないが、手と手を合わせて感謝する。

湯を沸かしている間、茶器を取り出し、手に取ってじっと眺める。陽家で代々使われているであろう茶器の数々は、丁寧に使い込まれた証のような艶がこれでもかと輝いていた。

つるりとした表面を撫でるだけでは満足せず、茶器を褒める。

「あなた達、とってもきれい」

「ありがとう」

「うれしい」

「あなたも、きれいよ」

陶器とお喋りしていると、癒やされる。不安な心が少しだけ軽くなったような気がした。

お茶はイライラを緩和させるマイカイ花に薄荷《はっか》、蜂蜜《はちみつ》を合わせたものを淹れてみた。

薄荷の爽やかな香りが、偏った活力を全身に巡らせてくれるだろう。

お湯を沸かし、茶葉を入れた茶壺に注ぐ。ふわりと、いい匂いが漂った。これを飲んだら、気分もよくなるだろう。

居間で待つ伊鞘さんの前に、お茶を置く。一口飲んだ伊鞘さんは、多少気が和らいだのか。眉間の皺がなくなった。

伊鞘さんに触れた陶器の声に耳を傾けると、彼を苦しめる原因はイライラと眼精疲労、頭痛、気分の落ち込みであった。ただそれも、お茶を飲むことによって緩和されているという。ホッと胸を撫でおろす。

「それで、なにがあった？」

「えっと、話せば長くなるのですが――」

瑠璃妃の面会拒否から、買い物の依頼――次々と話す中で、後宮の品物を持ち出していた老人について思い出す。

「す、すみません。とんでもない事件を、すっかり失念しておりました！」

市場で脅された恐怖に支配されていたのだろう。深々と、頭をさげる。

伊鞘さんの眉間の皺が、再び深く刻まれてしまった。

一応、人相描きも提出しておく。受け取った伊鞘さんが絶句するくらい下手くそだったが、なにもないよりはマシだろう。

「瑠璃妃様の容態は、そこまで深刻ではないようでしたが、きちんと対面していないので、完全に大丈夫とは言い切れない状況です」

声色自体は、元気そうに聞こえた。とても、病気だとは思えないくらいに。

「瑠璃妃様は扉のすぐ向こう側にいらっしゃるようでした」

「寝台から立ちあがって動き回れる程度には元気、というわけだな」

「おそらく」

なぜ、皇帝陛下に夜の相手ができないと訴えているのか。

「体調不良以外に、理由があるようだな」

「それを探るのが私の仕事ですね」

伊鞘さんはこくりと頷いた。

「俺は、後宮の品物を盗む輩について調べておく」

伊鞘さんは深いため息をつきながら、眉間の皺を揉んでいた。

せっかく、お茶を飲んで気を降ろしていたのに。一瞬でもとどおりになってしまった。

「なんだ？　じっと見て」

「あ、すみません。ずいぶんと、お疲れのようだな、と」

「俺は、だいたいいつもこんな感じだ」

おそらく、精神の不調から体調が悪くなるのだろう。元気になるような料理を作らなければならない。

イライラには精神を安定させる卵に大豆、乳製品などが効くという。眼精疲労には高麗人参、クコの実。頭痛には海藻や豆類がいい。

ただそれらをわかっていても、食材を組み合わせて料理を仕あげるのは至難の業である。

無理やり妙な組み合わせの料理を作るよりも、伊鞘さんの好きな料理のほうがいいのではないか。そう思って、提案してみた。

「伊鞘さん、なにか食べたい物はありますか？」

「食堂で出していた料理でもいいのか？」

「はい」

「ならば、〝魯肉飯《ルーローハン》〟が食べたい」

「わかりました！　おいしい魯肉飯を作りますね」

聞くと、材料はひととおり買い集めてあるらしい。さっそく、調理に取りかかる。

まずは米を土鍋で炊き、ゆで卵を作る。

このふたつは、魯肉飯になくてはならないものである。とくに米は炊きあがるまでに時間がかかるので、先にやっておかなければならない。

続いて、調理に取りかかる。脂身の多い豚肉の塊を選んでさいの目切りに。これを、刻んだニンニクと油でざっと炒める。味付けは醬油、紹興酒、胡椒、五香粉、細かく刻んだシイタケを入れて、さらに炒めるのだ。

次に、魯肉飯の味の決め手となる油ねぎを作る。作り方は簡単。赤玉葱を細く切り、しばし水を切る。これに小麦粉を振って、高温の油で揚げるだけだ。

豚肉を炒めた鍋に油ねぎと砂糖、ゆで卵を加えて煮込む。豚肉がツヤツヤになるまで煮込んだら、ゆで卵を取り出してふたつに切り分ける。

どんぶりによそったご飯にタレを一周かけ、豚肉とゆで卵、そして塩ゆでしたチンゲンサイを添えたら、魯肉飯の完成だ。

「お待たせしました！」

できたてホヤホヤの魯肉飯を、居間で待つ伊鞘さんのもとへ運んでいく。と、不可解な体勢でいたので、どうしたのかと二度見してしまった。

伊鞘さんが、金ちゃんのお腹に顔を埋めていたのだ。

「あ、あの、伊鞘さん。いったい、なにをしているのですか？」

「桃香がしていた、〝猫吸い〟とやらだ」

「あ、はあ」

いつも自分でしているのに、他人がしているのを見ると異常な行動にしか見えなかった。

伊鞘さんが私の猫吸いを見て、引いているのも納得してしまう。

伊鞘さんに猫吸いをされた金ちゃんは虚空を眺め、背後に森羅万象を感じさせるような表情でいた。困惑が極限まで達しているのだろう。

「あの、ちなみに猫吸いの効果のほどは？」

「猫の毛が鼻に入り込み、むず痒いとしか」

「そ、そうでしたか」

猫吸いは万能薬だと信じて疑わなかったが、効果は個人により異なるようだ。

金ちゃんは迷惑だとばかりに私を睨み、机から飛び降りてどこかへ行ってしまった。

猫吸いの効果はさておいて。

「お待たせしました。魯肉飯ができましたよ」

温かいうちに、ふたりでいただく。

私はまず、チンゲンサイから食べる。シャキッシャキに茹であがったチンゲンサイは、ほんのりと塩味が効いていておいしい。これで、豚肉とご飯を巻いて食べるのもお勧めだ。

続いて照りが出るまで煮込んだ豚肉と、ご飯を一緒に食べた。

豚肉はトロトロで、油ねぎの風味が効いたタレが染みこんでいた。ご飯も、ふっくら炊きあがっている。このふたつが合わさったものが、おいしくないわけがない。

食堂では皆、魯肉飯は大口を開けてがっついていた。が、伊鞘さんは今目の前でお上品に食べている。私も見習いたい。

最後に、伊鞘さんは烏龍《ウーロン》茶を飲む。陶器は「すっごくおいしかったみたい」と教えてくれた。

気も巡ったのか、体調不良は改善されているようだった。


昼食を終えたあとは、各々仕事に向かう。伊鞘さんは王都の外れにある職人の工房に、琥珀でできた櫛を受け取りにいく。

私は瑠璃妃のもとへと足を運んだ。

女官に買ってきた品々を見せる。片方の眉をピンとあげ、厳しい目で確認していた。

「えっと、問題ないでしょうか?」

「ええ、問題ありません」

扉の向こう側から、瑠璃妃の声も聞こえた。

「ねえ、ちゃんと買ってきてくれたの？」

「はい。頼んでいた品々は、きちんと揃えてきたようです」

「そう。だったら、その薬膳医の治療とやらを、受けてみようかしら」

「あ、ありがとうございます」

扉に手をかけようとしたが、女官に制される。

「あ、あの……？」

「面会は、許しません」

「そ、そんな！」

瑠璃妃の体調が改善する料理を厨房で作れば自分が渡すと、冷たく言い放たれる。

さらに、追い打ちをかけるような言葉を、瑠璃妃が呟いた。

「あ、私、今日食欲ないの。なんにも食べられないわ」

「で、では、お茶を、お淹れしましょうか？」

耳を澄ましたら、扉越しに陶器の声も聞こえるかもしれない。前のめりで提案してみる。

「だったら、卵酒を作ってくれない？」

「卵酒、ですか」

卵酒とは異国から伝わった、お酒に卵を溶かしたものである。なんでもその昔、船旅で具合を悪くした者を癒やすために船員が飲ませたのが始まりだったとか。帰国した旅人がおいしいと触れ回ったものが、一気に広がったのだという。

以降、七十二候ノ国でも愛されている。

「実は、大好物なの」

どうやら卵酒を飲むために、卵とお酒を頼んだようだ。

「卵酒は、体にいいって言うでしょう?」

「まあ、そういう話も広がっておりますが……」

卵酒が体にいいと言われていたのは、卵が貴重だった時代の話だ。薬のような効果は期待できない。体が温まりはするだろうが。

「お茶のほうが、お体にはいいかと」

「いいから、早く作ってちょうだい」

「わかりました」

女官に案内され、しぶしぶ厨房まで足を運ぶ。

「こちらをご利用くださいませ」

「ありがとうございます」

さすがと言えばいいものか。春宮の厨房は信じられないくらい広かった。

置かれた調理器具も、充実している。百人前の汁物が作れるのではと思うくらいの大鍋に、塔のように積みあがった蒸籠《せいろ》、巨大な竈などなど。

調理担当の女官が夕食の仕込みをしている片隅で、卵酒を作る。

女官から普段瑠璃妃が使っているという、陶器の酒杯を使うように命じられた。なんでも、瑠璃妃お気に入りの一品らしい。

まず、酒杯に卵を割り入れる。すると、陶器の声が聞こえた。

「えーん、えん、えーんえん」

酒杯がいきなり泣き始めたので、ギョッとしてしまう。いったい、どうしたのか。

しゃがみ込み、周囲で働く厨房女官に不審がられないよう、小声で話しかける。

「あの、どうかしたの？」

「卵は、毒なのー！」

想定外の言葉に、「毒!?」と叫びそうになったが、口から出る寸前で呑み込んだ。

詳しい話を声を潜めたまま聞いてみる。

「あの、どうして卵が毒なの？」

「わからない、わからない！」

「う――――ん」

きっとなにか理由があって、卵は毒だと訴えているのだろう。けれど、その理由は酒杯にも謎なのだ。

先ほど卵を買った店のおじさんは、「新鮮な卵だよ」と言っていた。もし腐っていたら、それは毒に相当する危険なものとなる。

しかしながら卵の色は問題ないし、異臭もない。

ほかの卵を割っても、反応は同じ。

考えてもしかたがない。これでは今日、卵酒を瑠璃妃に飲ませるわけにはいかなかった。

瑠璃妃の部屋の前に戻り、卵を落としてしまったと謝罪する。

「ちょっと、どういうこと？　楽しみにしていたのに！」

「申し訳ありません」

「だったら、厨房にある卵で作りなさいよ」

「わたくしめもそう思ったのですが、現在、新鮮な卵はないようで」

明日、もういちど卵を買ってきて卵酒を作ることを約束し、今日のところは撤退する。

春宮の外に出たら、夕陽が沈んでいくところだった。一日が終わろうとしている。

卵が毒だというのはどういうことなのか。

問題の卵を、こっそり持ち帰ってきた。伊鞘さんの家にある陶器の声も、聞いてみたい。

私は足取り重く、帰宅したのだった。


伊鞘さんはまだ、仕事から戻っていないようだった。金ちゃんが教えてくれる。

「それはそうと、ワタシ、あの男に変なことされたんだけれど！」

「猫吸いのこと？」

「そうよ！　対価もなく、ワタシのお腹を吸うだなんて！」

「ご、ごめんね」

ちょうど伊鞘さんが買ってきていたお酒があったので、それを金ちゃんに献上する。

「あら、わかっているじゃない」

金ちゃんはお酒にも目がない。一瞬で、機嫌を直してくれた。

「それで、体調不良の原因はわかったわけ？」

「いや、それはまったくわからなくって。それどころか、謎が深まったんだよね」

「どういうことなのよ」

「それが――」

陶器が語る卵の毒について、金ちゃんに説明してみた。

「その卵、腐っていたんじゃないの？」

「いや、見た感じは普通の新鮮な卵なんだけれど」

今までだって卵は毎日食堂で扱ってきた。腐っていたら、割ったときの黄身の張り具合と臭いでわかる。毒判定された卵は、腐ってはいなかった。

「だったら、問題は別の物にあるのよ」

「別の物？」

「たとえば、酒杯に毒が塗られていたとか」

「あ!!」

　その可能性はおおいにある。紅禁城内に瑠璃妃の命を狙う者がいないとは限らないのだ。後宮でのどろどろとした人間模様は、蓬莱でも噂になっていた。かつては血で血を洗うような争いもあったという。

「私、危うく、瑠璃妃様殺しの冤罪をかけられるところだったの!?」

「かもしれないわね」

　もしそんなことになったら牢屋に閉じ込められ、弁明も許されずに処刑される。それだけではない。私を妻として娶った伊鞘さんにも、迷惑がかかるだろう。

「それにしても、卵酒って初めて聞くわね」

「この辺ではあまり飲まないかな。東のほうにある島国では、よく飲まれているらしいけれど」

　私がかつてお仕えしていた薔薇仙女も、卵酒を好んで飲んでいた。優しい味わいで、夜に飲むと体がポカポカしてぐっすり眠れるという。

「気になるわね」

「作ってあげようか？」

「あら、いいの？」

「うん。いつも、猫吸いさせてもらっているし。あ、そうだ。今持って帰ってきた卵を使って、作ってみてもいい？　陽家の陶器がどんな反応を示すのか、気になるから」

「毒判定された卵を使ったお酒を、ワタシに飲ませようとするのね」

「いや、ここの陶器が毒だと言ったら、飲ませないよ。それに、あやかしである金ちゃんには、毒なんて効かないでしょう？」

「まあ、そうだけれど。いいわ、今日だけ、毒だとしても飲んであげる」

「ありがとうね」

台所へ移動し、さっそく卵酒を作る。まずは、鍋にお酒を注いで温める。待つ間に、酒杯に卵を割って入れた。陶器の声に、耳を傾ける。

「うーん。生で食べるのは、オススメしないなー」

「え、どういうこと!?」

陶器はポツリと呟いたまま、それ以上言葉を発しようとしない。基本的に陶器は気まぐれで、見習い陶仙女である私が問いかけても必ず答えてくれるとは限らないのだ。

「な、なんで、なんで生で卵を食べるのはオススメしないの!?　ねえ!?」

酒杯を持ちあげ、必死になって問いかける。陶器は沈黙したままだった。

「お願い！　洗ったあと、団扇で扇いで乾かしてあげるからー！」

「桃香、誰と話しているんだ？」

「きゃ――――!!」

思いがけない方向から声がして、跳びあがるほど驚く。うっかり酒杯を落とさなかった自分を褒めたい。

振り返ると、伊鞘さんが不審者を見るような目で立っている。陶器の声を聞きたいあまり、伊鞘さんの気配に気づかないなんて。

「独り言にしては大きかったが、誰かいるのか?」

「だ、誰も、いないです」

「本当か?」

伊鞘さんはずんずんと台所に侵入し、鍋や壺の中身を覗き込む。満足いくまで確認してから、「本当に誰もいないのか」とポツリと呟いていた。

「では、いったい、なにと話していた?」

追及の対象が、人から人ならざる存在《もの》へと変わる。じっと見つめる瞳に、嘘をつけるわけがない。

べつに、仙女とバレたからといって、罰則があるわけではない。ここは、正直に告げておいたほうが、のちのちやりやすくなるだろう。

意を決し、告げることにした。

「あの、なにと話していたかというと、こちらの陶器と会話していました」

「は?」

「私、陶器の声が聞こえる、見習い仙女なんです」

「見習い、仙女だと?」

「はい」

じっと、見つめられる。あまりにも鋭い視線なので、そのうち顔の中心に穴が空いてしまいそうだ。

「食堂で働いていたときは陶器の声を聞いて、お客さん達の体調不良を把握していたんです」

仙女は徳を高めるために、地上へと降り立つ。そこからさらに補足説明をした。

伊鞘さんは私の説明を、遠い目をしながら聞いていた。信じろと言われても、難しい話だろう。

「つまり、食堂で客を気にかけていたのは、徳を得るためだと」

「はい。下心があったんです」

伊鞘さんは額に手を当てて、地の果てまで届きそうな深いため息をつく。

「まだ、あやかしだと言われるほうが、説得力がある。まさか、仙女がこの世に存在していたなんて……」

「ちなみに、金ちゃんはあやかしです」

「は!?」

「正確には金華猫っていう、化け猫なんですけれど」

「まさか、食堂の手伝いをしていた、厨房の少女ではないよな?」

「あ、そうです。彼女が金ちゃんでした。えーっと、信じがたい情報かとは思いますが

「……」

「いや、桃香に関しては、おかしいと思っていた」

「え!? わ、私、人間社会に、溶け込めていませんでしたか?」

「いや、溶け込んでいた。溶け込んでいたからこそ、不審だと思う点があった」

「な、なにが不審だったのでしょう?」

「権力や金、男に、執着しないところだ」

風の噂で、私についていろいろ話を聞いていたらしい。

「権力者からの引き抜きを辞退したり、名家の男の求婚を断ったり、出資を必要ないと言ったり。普通ならば、脇目も振らずに飛びつくような話だろう」

どれも心当たりがありすぎる。

引き抜きは地方の豪族から、「自分の屋敷で仕えないか」と誘われたのだ。しかし、大きなお屋敷で働いた場合、配膳は別の者が行う。そのため直接感謝してもらえず、徳を集めることができない。私は給金よりもまず徳を得たい。そんな考えが根底にあったので、お断りをしたのだ。

求婚は、わりと頻繁にあったような気がする。私は見習い仙女なので、いつか蓬莱に帰らないといけない。だから、相手が誰であろうと、結婚するわけにはいかなかったのだ。

それに人間相手にうっかり恋をしたら、風になって消えてしまうし。

伊鞘さんとの結婚は契約期間を定めて行うものなので、問題はないとする。

出資を断ったのは、引き抜きと似た理由である。食堂がもし第三者のものになったら、徳集めもしにくくなると思った。申し出はありがたかったが、これまでどおりの営業をしたいので拒んだのだ。

「それに、桃香くらいの年頃の娘は、ほぼ結婚している。独身を貫き通すというのは、いささかおかしい」

そうなのだ。王都に住む娘達は、十五歳を迎えるころにはすでに婚約者がいる。十八歳にもなって独身のまま、求婚を断り続けている私は、周囲には不思議な存在として映っていただろう。

「人間離れした容貌に、体調を的確に見抜き、世話してくれる人間離れした気遣い。もしかしたら桃香は、あやかしの類いなのかもしれないと考えていた」

人間離れした容貌とはいったい？　いたって平々凡々だと思っていたが。そんなことよりも、私という存在は人間界においてかなり怪しいものだったのだと実感してしまった。

「伊鞘さん、よくあやかしかもしれない女と結婚しようと思いましたね」

「それは――いや、なんでもない」

言いかけた言葉が気になるものの、おそらくあやかしでもいいから、後宮の問題を解決してくれる存在が必要だったのだろう。

「私が、恐ろしくありませんか？」

「なぜ？」

「だって、さっきも陶器に話しかけていましたし、人間ではありませんし」

「理由を知れば、恐ろしくは思わない。見習い仙女であっても、実はあやかしであっても、桃香は桃香だと思っている。一応、食堂に通っていた一年もの間、桃香の働く様子や、接客態度を見ていたからな。裏のない娘であることは、よくわかっているつもりだ」

「ううっ……。ありがとうございます」

あやかし疑惑がなくなったわけではないようだが、伊鞘さんの言葉は胸に沁みた。

「して、陶器となにを話していたのだ？　なにやら、大きな声を張りあげていたが」

「それはですね」

これも、信じてくれるかわからなかったが、陶器が話した内容について打ち明ける。

「瑠璃妃に卵酒を作るように命じられまして。酒杯に卵を割り入れた瞬間、毒だと言われたんです」

卵は腐っていなかった。考えられる可能性としては、瑠璃妃の酒杯に誰かが毒を塗っていたということ。

「ただ、気になる点としては、この家の陶器も、生で食べるのはオススメしない、と言ったんです。それでさっき、それ以外の情報を聞こうと思っていたのですが、なにも話してくれなくて」

「なるほど。それで、陶器を追及しているところに俺が出くわした、と」

「はい。不気味なものをお見せして、申し訳ありません」

「いや、不気味だとは思わなかったが、いったい誰と話していたのかと」

「お騒がせしました」

伊鞘さんは問題の卵を覗き込む。

「見た目は普通の卵だな」

「はい」

「酒杯以外の陶器に、割って入れるのはどうだ？」

「あ！　そうですね。試してみます」

調理に使う器に湯呑み、ご飯茶碗など、日常使いの陶器に卵を割って声を聞いてみた。

まずは、湯呑みから。

「生はよくないよー」

「なるほど」

「なんて言っていたのだ？」

「酒杯同様、生食はしないほうがいいと」

続いて、ご飯茶碗にも同様に割ってみたが、おおむね同じような反応であった。

次に、調理用の器に卵を割って入れる。

「たまごー」

「えーっと」

「なんと言った？」

「ただ、卵、と」

「どういう意味だ？　この器にとって、卵は毒ではないと？」

「そう、なのかもしれないですね」

ほかの調理用の陶器も同様に、割った生卵を毒とは言わなかった。

「これって、どういうことなのでしょう？」

茶碗や酒杯に割った卵を調理用の陶器に移しても、同様の反応であった。

「うーん。茶碗や酒杯にとっては毒で、調理用の器は毒ではない、か」

急に伊鞘さんがハッとなる。反応が異なる陶器のちがいについて、気づいたようだ。

「茶碗や酒杯に入っているものは、直接口に入れる。だが、調理用の器は、直接口に入ることはない」

ここで、ようやく私もピンときた。

「つまり、生卵を直接口にするのは危険、と訴えているのでしょうか？」

「おそらく」

新鮮な卵であれば、生食しても問題ない。けれど、数日経った卵を生食すると、お腹を壊すことがある。

新鮮な卵だと思って買った品だったが、もしかしたら数日経った卵が新鮮なものとして売られた可能性があった。

「体の調子を崩している人は、お腹を下しやすいです。だから、瑠璃妃様の酒杯は卵を毒だと言ったのかもしれないですね」

「なるほど。そもそも、卵酒というのは、酒に生卵を混ぜただけのものなのか？」

「いえ、加熱したお酒に溶いた卵を混ぜるのですが、卵は完全に加熱されるわけではないですね」

そういえば、金ちゃんに卵酒を作ってあげると言ったんだった。せっかくなので、伊鞘さんに作り方を見てもらう。

「お酒に、お砂糖を加えて温めます。沸騰する前に火を止めて、卵を溶いた酒杯に入れながら混ぜるんです」

お酒が完全に沸騰したら卵が固まってしまう。そのため、見極めが肝心なのである。

酒杯にお酒を少しずつ入れながら混ぜていく。最後に全体を数回混ぜたら、卵酒の完成。

「これが、卵酒です」

お酒を注がれた酒杯は「はー、温かい」としか言わなかった。一応、毒ではないので、そのまま金ちゃんへ持っていく。

「金ちゃん、お待たせ」

「…………」

「あ、金ちゃん。伊鞘さんに、金ちゃんがあやかしってこと言っちゃった」

「な、なんで話したのよ！」

「陶器に話しかけるところを見られてしまって」

「な、なんですって」

続いて居間にやってきた伊鞘さんを、金ちゃんは「なによ！」と言ってジロリと睨む。

金ちゃんが喋っても、伊鞘さんは少し目を瞠るくらいだった。

「な、なんなの、あいつ。あやかしを怖がらないなんて」

「金ちゃんは可愛いあやかしだし」

「鋭い牙もあるのよ？　爪も、ほら！」

金ちゃんは歯を剝き出し、爪も見せたが、ただ可愛いだけなので迫力に欠けている。

「変な人っ!!」

そう叫んで卵酒をぐいっと飲んでいたが、猫舌なので机の上で悶絶していた。

優しい伊鞘さんは、金ちゃんのために外にある井戸から水を汲んできてくれる。

「人間の男なんかに、ワタシは、絆《ほだ》されないんだからね!!」

金ちゃんの言葉に、伊鞘さんはこくりと頷くばかりであった。


大量に割った卵を使い、夕食を作る。

まず、卵を黄身と白身に分けて、白身を角が立つまで泡立てる。黄身のほうには醤油、砂糖、ゴマ油、みりんを加えて混ぜた。

　このふたつを合わせて、ゴマ油を引いた鍋でしっかり焼く。すると、ふわふわの玉子焼きが完成した。

　もうひとつの鍋に、殻を剝いてほぐしたカニを使って甘酢あんを作る。

　深皿にご飯をよそい、その上にふわふわの玉子焼きを載せる。そしてさらにその上に甘酢あんをかけたら、蓬萊風天津飯の完成だ。

　普通の天津飯は卵をそのまま焼いたものだが、蓬萊風は卵白を泡立てるので食感がふわふわなのだ。

　おいしいけれど、白身を泡立てるのが大変で時間がかかるため食堂では出していなかった一品だ。

　もう一品、鶏ガラ汁に卵を溶いて塩で味付けた汁物も付ける。

「お待たせしました！」

　食卓に料理を持っていくと、金ちゃんと伊鞘さんがなんとも言えない距離を取っていた。お互いに、警戒心が高まっているようだ。まあべつに、無理して仲良くなる必要はないが。

　蓬萊風天津飯を伊鞘さんの前に置くと、驚いた顔を見せてくれる。

「これは、初めて見る料理だ」

「ふわふわに泡立てた卵の中に、ご飯を包んだものです。お口に合えばいいのですが」

　金ちゃんは何度か食べたことがあるので、すでに食べ始めている。伊鞘さんは気に入ってくれるだろうか。ドキドキしながら、それが口に運ばれる様子を見つめる。

ぱくりと食べた瞬間、瞳がハッとなる。なにも言わずに、ふた口目を食べていた。

ごくんと飲み込んだあと、私の目を見ながら感想を言ってくれる。

「これは、うまい」

「わ、よかったです。この辺では見かけない料理なので、ドキドキしたのですが」

「桃香の作る料理は、変わっているな」

「蓬莱で作っていた料理ですので」

「蓬莱？」

「仙女が住む山ですよ」

花より生まれし見習い仙女は、先輩仙女に仕えて料理や家事などの世話を行う。その際、炊事を担当した者は蓬莱に伝わる料理を教わるのだ。

「なるほど、そうだったのだな。満腹食堂の料理はどれも珍しくておいしいから、不思議に思っていたのだ」

「お気に召していただけて、とても嬉しいです」

ここまで蓬莱料理を気に入ってくれる人も珍しいだろう。

「もしかしたら、伊鞘さんの前世は蓬莱に住む特別な存在だったのかもしれません。輝宝でもありますし」

「きほう？」

「はい。仙女にとって、徳を高めてくれる、特別に心が美しい存在のことなんです」

今まで徳を積むために伊鞘さんを気遣っていたことに罪悪感があるので、正直に告げる。

伊鞘さんに親切にすると、よりいっそう徳が高まる、と。

ついでに、見習い仙女の人間界での修行についても説明した。

「だから、俺がやってくると嬉しそうにしていたのだな」

「あ、私、顔に出ていました？」

「出ていた」

骨つき肉を目の前にした犬のごとく、伊鞘さんを前にしたら笑みを浮かべていたのだろう。話し終えたあと、伊鞘さんはしょんぼりしているように見えた。が、それも一瞬のことで、ぱちぱちと瞬きをしたらいつもの彼に戻っていた。

「明日、養鶏場に行ってみよう」

「養鶏場、ですか？」

「ああ、産みたての卵を買う。それを、酒杯に割り入れて、陶器の反応を見たい」

「あ、そうですね。しかし、よく養鶏場なんかご存じでしたね」

「用事があったからな」

以前、伊鞘は鶏の血がほしいとお妃様に乞われ、取りにいったことがあったようだ。

「あの、鶏の血を、なにに使うのですか？」

「料理に使っていたらしい。妃の出身地では、鶏の血を混ぜた料理を食べていたと」

血を嫌う薔薇仙女が聞いたら、一瞬で失神しそうな料理だ。私もぶるりと身震いする。

「そ、そうだったのですね。ちなみに、血を所望したのはどなたでしたか？」

「凜々妃だ」

「な、なるほど」

もしかしたら、家畜の血を用意するように頼まれるかもしれない。覚悟を決めておかなければ。

「養鶏場では鶏に卵を産ませている。行けば、産みたてを売ってもらえるだろう」

新鮮でない卵が毒だというのならば、陶器の訴えも理解できる。そうでないとしたら
――いや、まだこれについては考えたくない。

「わかりました。明日、よろしくお願いいたします」

問題ない卵であれば、そのまま瑠璃妃の卵酒用に買って帰ってもいい。

伊鞘さんは午前中、買い付けの仕事があるので、養鶏場には早朝に出かけるという。明日は、日の出前に起きなければならない。

「そういえば、後宮の品物を盗む輩についてだが、捕まえた」

「え!?」

仕事が早すぎやしないか。驚きを隠せない。

「珊瑚の髪飾りを差し出されたと言っていただろう？　その情報をもとに、探し当てた」

「さ、さすがです」

私が描いた下手な人相描きも少しは役に立ったようだ。

「奴は宝物庫と食品庫の管理をしている宦官で、各宮殿に届けられた品のおよそ三分の一を横領していたらしい」

なんでも発注書を渡す際、お妃様が頼んだ品のほかに、あのお爺さんが品物を勝手に付け足していたと。

「お妃様が頼んだ品ではなかったので、抜かれても不審に思われなかったのですね」

「そうだ」

なんて姑息な手口を使うのか。呆れてしまう。

「盗まれていたのに、気づかないものなんですね」

「後宮の管理はそこまで行き届いていない。宦官が勝手気ままに贅沢したり、女官が働かずに遊び回ったりと、怠惰や横領が横行している」

「その辺は、気にしてもどうにもならないですよね」

「ちがいないが……」

皇帝陛下は政治方面ではキレ者であるものの、お妃様の管理は苦手らしい。その辺もしっかりしてほしいというのが、伊鞘さんの望みなのだとか。

「とにかく犯人は捕まえた。だからといって用心は怠らないように」

「はい、わかりました」

明日は早い。さっさとお風呂に入って、眠ることとなった。もちろん、私達は偽装夫婦なので、眠るのは今日も別々の部屋だ。

一日が、終わっていく。


日の出とともに、出かける。目指すは、王都の郊外にある養鶏場だ。

幌のある荷車を引く二頭立ての馬車で、目的地まで向かう。忘れずに陶器の酒杯を持ち、御者席に伊鞘さんと並んで座った。

朝が早くても伊鞘さんはキリリとしている。私はまだ、半分夢の中にいるようだった。

仕込みなどで毎朝早起きしていたものの、朝が得意というわけではない。馬車の心地よい揺れの中にいると、睡魔に襲われた。

「桃香、眠いのならば、荷台で寝転がったほうがいい。落ちたら大変だ」

「そう、ですね」

一度停まってもらい、荷台のほうへ回る。伊鞘さんは上着を脱ぎ、敷いてくれた。

季節は秋だが、早朝は冷える。それは私だけではなく、伊鞘さんもだろう。

「そんな、寒いのに悪いですよ」

「妻を、寒いなか寝かせるわけにはいかない」

「伊鞘さん……！」

「それに、朝は剣の素振りを行ったから、体は温まっている」

「うう、ありがとうございます」

思いがけない優しさにキュンとしつつ、荷台へ寝転がった。が、後宮から抜ける際、呼び止められて目が覚める。

「おい、お前！　見知らぬ娘を連れ出そうとしているが、よそに売り飛ばすつもりじゃないだろうな!?」

むくりと起きあがると、複数の兵士に取り囲まれていた。伊鞘さんは興奮した兵士達の問いかけに答える。

「彼女は妻だが？」

兵士達の視線が、私に集まった。一応起きあがってから答える。

「その、妻です」

紛らわしいと怒られてしまった。もちろん、すぐに釈放される。

一連の騒動で目が覚めてしまった。こうして荷台で膝を抱えているのもまた、市場に売りにいかれるように見えてしまうだろう。再び、伊鞘さんの隣に腰かける。

「なんか、すみません。私のせいで、いらぬ誤解を受けてしまって」

「気にするな」

後宮から女官を連れ出し、市場で売り飛ばす。そんなことがたまにあるらしい。

「隙あらば、悪事を働こうとする者が絶えない場所なのだ」

「はあ」

伊鞘さんがひとりで出歩くなと注意した理由を、身をもって痛感した。

一時間ほどで、養鶏場にたどりつく。広い敷地内には鶏を飼育する囲いがあった。

作業をしていたご主人に声をかけ、産んだばかりだという卵を受け取った。

「これは本当につい今しがた、うちの鶏が産んだ新鮮な卵だ。生で飲んでも、腹は壊さねえよ」

ここのご主人は、卵の新鮮さに絶対の自信があるらしい。二十個ほど、購入した。

ご主人が去ったあと、鶏の囲いの前でさっそく卵を割ってみる。

「いざ!」

家から持ってきていた酒杯に、卵を割って入れる。ドキドキしながら、陶器の声に耳を傾けた。

「いやー、新鮮だけれど、生はよくないよ」

「あ、あれ!?」

反応は、昨日と同じ。異なる点は、はっきり「新鮮」だと言ったことだろうか。

ただ、新鮮な卵も生食はよくないというのはなぜなのか。桃香は尋ねてみるが、

「うーん! わからない!」

とつれない答えが返ってくる。

「でも、毒とは言っていないのだろう？　やっぱりもう一度、瑠璃妃の酒杯に、この卵を割って入れてみるしかないな」

「それで毒だと言ったら？」

「卵が問題ではないのだろう」

やはり、金ちゃんが言うように卵が毒なのではなく、酒杯に毒が塗ってあったのだろうか。だとしたら、問題解決は困難を極める。

「瑠璃妃の体調不良の原因も、毒である可能性がありますね」

「そうだな」

そのとき足元にいた鶏がぶるりと震える。どうしたのかと覗き込んだら、ぽこんと卵を産んだ。

「――あ!!」

「どうした？」

「鶏って、お尻の穴から卵を産むのですね」

「言われてみれば、そうだな。糞尿と同じ場所から食べ物が出てくるとは、いささか複雑な気持ちになる」

「糞尿と同じ場所――あっ!!」

ここで、ようやく気づく。生き物の糞尿には、体に悪影響を及ぼす菌がいるのだ。基本的に、それらは加熱すれば死ぬと言われているが。

卵の場合は、割ったときに菌が卵に付着する可能性が高いだろう。つまり――！

「体調を悪くしている瑠璃妃様が菌に冒されると、重症化しやすくなる」

普通の人でも、お腹を壊す可能性がある。だから、陶器は卵の生食をオススメしなかったのだ。

わからなかった謎が解決し、跳びあがるほど喜んでしまう。ついでに、伊鞘さんにも抱きつき、感謝の気持ちを伝えた。

「伊鞘さんのおかげで、生卵の〝毒〟に気づきました」

「そ、そうか」

珍しく、伊鞘さんはうろたえている様子だった。珍しい――と思ったが、はっと今の自分の状態に気づいて、慌てて体を離す。

「す、すみません」

「いや、いい。俺達は、夫婦なのだから」

「そ、そうですよね！」

夫婦であるが、仮のものである。あまり、馴れ馴れしく触れ合わないほうがいい。

「帰ろうか」

「はい」

伊鞘さんは街で買い付けがあるのに、私を後宮の近くにある自宅まで送ってくれた。

こんなに優しい旦那様はいない。

そのまま伊鞘さんは休むことなく、皇帝陛下に瑠璃妃の現状報告をしに向かった。そのうしろ姿を手を振って見送る。

家に戻ると、金ちゃんが出迎えてくれた。

「お帰りなさい。その様子だと、成果があったようね」

「そう！　毒の原因は、卵の殻に付着した糞尿だったの」

「ああ、なるほど。たしかに、それは人間にとっては毒ね」

やはり、卵は加熱したほうがいい。完全に加熱されていない卵酒は、危険だ。

「それで、どうするわけ？」

「卵を使ったお菓子でも差し入れてみようかなと思って」

「そう。頑張って」

「うん、ありがとう」

さっそく、調理に取りかかる。これから作るのは、薔薇仙女が大好物だった〝蓬萊風カステラ〟。

卵白をふわふわになるまで泡立てたものを生地にした、とっておきの一品である。この辺りでは見かけないので、喜んでもらえるだろう。

まず、鍋で熱した油に小麦粉を加えてよく混ぜる。これに、温めた牛乳、卵黄を加えてさらに攪拌。

別の器で、卵白を泡立てる。途中で、砂糖を少しずつ入れながらさらに混ぜる。

卵黄を混ぜたほうの器に、泡立てた卵白を少量加える。これを、卵白のほうへと注いで混ぜるのだ。こうすると、卵黄と卵白が馴染みやすくなり、失敗しにくくなる。

この生地を型に流し込んで、湯せん焼きを行う。一時間ほど焼いたら、蓬萊風カステラの完成だ。

ふるっふる、ふわっふわに焼きあがった。

ちょうど伊鞘さんが帰ってきたので、蓬萊風カステラを勧めてみた。

「仙女達が好んで食べていたお菓子です。よろしかったら、どうぞ」

「いただこう」

蓬萊風カステラを切り分け、陶器のお皿に盛り付ける。

「とってもおいしいよー」

陶器は伊鞘さんに、一生懸命蓬萊風カステラのおいしさを主張していた。その様子に、くすりと微笑んでしまう。

伊鞘さんはというと、初めての蓬萊風カステラのふわふわ感に驚いているようだった。口に含んだあとは、さらに瞳を大きくさせる。

「これほど分厚く、やわらかな菓子は初めてだ」

「お口に合いましたでしょうか？」

「ああ、うまい」

お気に召していただけたようで、なによりである。

「これから、後宮へ行くのか？」

「はい」

先ほど、宦官より新たな買い物一覧表が届けられたという。伊鞘さんはこれから街に買い出しにいくらしい。

「では、また夜に」

「はい」

伊鞘さんと別れ、後宮へ向かった。


春宮へ行くと、相変わらず女官達から歓迎されていない雰囲気が伝わってくる。しかし、手にしている蓬莱風カステラには興味津々、といったところであろうか。

瑠璃妃の部屋の前まで案内してもらう。

昨日同様、厳しい顔で私を見る女官の姿があった。

「卵は、きちんと買ってきたのですか？」

「はい。とっても新鮮な卵が手に入りましたので、カステラを焼いてきました」

「かすてら、ですか？」

「はい。異国より伝わりし、焼き菓子です」

ふんわりと甘い匂いを漂わせているカステラを、女官は凝視していた。

「ねえ、珍しいお菓子ですって？」

瑠璃妃の声が扉越しに聞こえた。もう一度、カステラについて説明する。

「食べてみたいわ！」

「瑠璃妃、まずは、わたくしめが味見を」

「もう！　早くしてちょうだい」

カステラをカットする包丁などここにはないので、女官はそのままちぎって食べ始めた。

「まあ、なんてことでしょう!!」

口にした瞬間、絶叫に近い叫びをあげる。ちょっとだけ、びっくりしてしまった。

「泡雪のようなやわらかさで、しゅわりと口の中で溶けました！　上品な甘さで、優しい卵の味がします！」

「ちょっと、気になるじゃない！」

瑠璃妃がそう叫ぶやいなや、目の前の扉が開かれた。

私はごくりと唾を呑み込む。

初めて対面する瑠璃妃は、切れ長の瞳に、形のよい鼻、ぽってりとした唇が美しい二十歳前後の女性だった。寝間着姿だからだろうか。とんでもなく色っぽい。

皇帝陛下のお妃様に選ばれるだけある。美貌に見入ってしまった。

それにしても、瑠璃妃は寒がりなのだろうか。真冬に着るような毛皮の肩かけを羽織っていた。

「あの、なにか温かいものでも用意いたしましょうか？」

「いいえ、けっこうよ。それよりも、異国のお菓子を食べてみたいわ」

「は、はあ。どうぞ」

卵酒が好きという妃に、まるで卵酒を固めたようなえもいわれぬおいしさの蓬萊風カステラを振る舞った。

「ん、まあ！　雲のようにフワフワ！」

そう言うと、無言で完食した。

「とってもおいしかったわ」

「もったいないお言葉です」

「また、明日も作ってくれる？」

一歩、私のほうへと接近した瑠璃妃だったが、肩かけがひらりと落ちた。

「え？」

「あら、やだ」

肩かけの下に、思いがけないものがあった。

なんと、瑠璃妃のお腹は膨らんでいた。瑠璃妃は妊娠していたのだ。

瑠璃妃のうっかりに、ギョッとしたのは女官である。

「瑠璃妃、あれほど人前に出てはいけないと申しましたのに！」

「だって、異国のお菓子が気になるんですもの！」

「瑠璃!!　それ以上起きあがっていると、体に障る」

続けて瑠璃妃の寝室から出てきたのは、男性である。後宮に皇帝以外の男性がいるとは。

おそらく、宦官だろうが……。

しかしながら、お妃様の部屋に宦官がいるなんてありえるのだろうか。

「あの、そちらの男性は、どなたですか？」

皆、渋面を浮かべる。

私の問いに、答えられる者はその場に誰ひとりとしていなかった。


隠しておくわけにはいかないので、瑠璃妃の現状を伊鞘さんに伝える。その一件は、そのまま皇帝陛下へと伝えられた。

なんと、驚いたことに例の宦官は、瑠璃妃の恋人だった。そして、お腹の子の父親でもある……。

瑠璃妃は愛情深いと言われていたけれど、まさかそれが愛人に向けられていたなんて。

皇帝陛下を裏切る妃など、前代未聞だろう。

お妃様としての務めよりも、愛を選んだ。まさしく、愛情深いと呼ばれるにふさわしい女性なのかもしれない。

翌日、外が騒がしいので踏み台に上って塀の上からひょっこり顔を覗かせると、後宮の春宮のほうに大勢の武装した宦官が押し寄せていた。

そして、瑠璃妃が後宮の外へと引き出される。絹を裂くような声が聞こえた。怒号も、響き渡っている。

続けて、女官達も追い立てられるように出てきた。

瑠璃妃が住まう春宮の女官達は、解散となるようだ。

思わぬ事態に戦々恐々としていると、伊鞘さんがやってくる。私にうしろから覆い被さるような体勢で、窓を覗き込んだ。

急接近にドギマギしてしまう。意識しているのは、私だけなのだろうが。悲しい現実である。

伊鞘さんは私の耳元で、囁いた。

「あの者は、皇帝陛下以外の男に体を許し、子をなしていたからな。裏切りは重罪だ」

なんでも、瑠璃妃の恋人の宦官は去勢されていなかったらしい。金銭の取り引きを行い、性器を取り除く処置を回避していたのだとか。

「おそらく、彼は処刑されるだろう」

「ひ、ひえええ！」

もちろん、宦官を処刑するだけで赦《ゆる》されるものではない。

皇帝陛下以外の男性を引き入れ、子をなした瑠璃妃も処罰されるだろう。

「あの、伊鞘さん、ちなみに瑠璃妃はどうなるのでしょうか？」

「一応、国外追放だと聞いているが」

「処刑されるわけではないのですね……！」

ホッと胸を撫でおろす。

瑠璃妃のしていたことは、大罪だ。よかったなどと思ってはいけないのだが……。

お妃様でなかったら、愛に生きるのは罪ではない。だから、追放で済んだと聞いて安堵してしまった。

「それにしても、まさか体調不良の原因が、悪阻《つわり》だったなんて」

瑠璃妃は妊娠六ヶ月だった。悪阻は通常五ヶ月ほどでなくなるが、長く続く人もいるらしい。

陶器が言っていたとおり、妊婦に生卵は毒だ。お腹の子に万一のことがあったら大変なことになる。陶器はお妃様のご懐妊を見抜いていたのだ。

「妊婦にとっては、生卵だけでなく、お酒もよくないですからね」

「陶器の声とやらは、正しかったのだな」

「ですね。ちょっと、言葉足らずでしたが」

陶器達には、感謝の気持ちしかない。

今回の活躍を受け、皇帝陛下は伊鞘さんに褒美を取らせるという。

「桃香が望むものはなんだ？」

「えーっと、そうですね」

とくに欲しいものはない。だが、ひとつだけ口にする。

「伊鞘さんの、お休みが欲しいです」

「なぜ？」

「毎日忙しそうにしているので、ゆっくり休んでほしいな、と」

食事は良薬でもあるが、休息には勝てない。たまにはゆっくり寝て、だらだら過ごし、元気になってほしい。

伊鞘さんは言葉を返さずに、私の体をぎゅっと抱きしめた。

「ひゃあ！　ど、どうしたんですか？」

「嬉しかったから」

そんなにお休みが欲しかったのか。私を抱きしめるほど喜ぶなんて。

御用聞きの仕事は、それほど大変なのだろう。伊鞘さんが過労で倒れないように、しっかり支えなければ。

そんなことを胸の内で誓う、昼さがりであった。

第二章 ❖ 夏宮 とろんとろんの豚足煮込み

窓の外を覗き込むと、雪がちらついていた。景色はすっかり冬である。

変化は、季節だけではなかった。

春宮の問題を解決し、輝宝である伊鞘さんから感謝されたからか、仙女としての徳がぐっとあがったようだ。

その結果、なんと、陶器の鼻歌が聞こえるようになった。

一人前の陶仙女は陶器を操り、人々の食事を盛りあげる役目がある。陶器の歌が聞こえるようになるのは、陶仙女になるための大きな一歩だ。

順調に後宮の問題を解決していったら、すべてが終わったときには一人前の仙女になっているかもしれない。

結果が伴えば、やる気もふつふつと湧いてくる。これまで以上に、頑張らなければ。


春宮での騒動が幕を閉じて落ち着いたころ、私と伊鞘さんは皇帝陛下に呼び出された。

銅鑼の音を合図に、鉄の扉が開けられた。

相変わらずの美貌を前に、私はひたすら平伏するばかりであった。

「この度は、春宮の問題を解決し、大儀であったぞ」

「もったいないお言葉でございます」

麗しい笑顔の裏に、底知れぬ怒りのようなものを感じたのは気のせいだろうか。

私達に見せている表情が、仮面のように思えてならなかった。皇帝となる存在は、感情を表に出さないものなのだろう。

皇帝陛下が怒りを覚えるのも無理はない。妃が後宮に男を連れ込んだ挙げ句、妊娠していたのだから。

瑠璃妃と宦官についての処分の詳細は語られなかった。伊鞘さん曰く宦官は処刑、瑠璃妃は国外追放とのことだが……。

私が後宮に立ち入って調査したのが原因で、消えた命がある。

そう考えると、私自身が悪いことをしているような気持ちになった。けれど、皇帝陛下への裏切りは重罪だ。処分は妥当なのである。

問題が解決して、伊鞘さんは喜んでいた。それだけをよしとしたい。そう、自らに言い聞かせていた。

「さて、春宮の問題が解決したばかりだが、続いて夏宮の妃も診てほしい」

夏宮には、朱那妃という心優しきお妃様が住んでいるという。

なんでも、朱那妃は夜になるとのたうちまわるほどに苦しんでいるようだが、翌朝には全快しているという。謎の症状を訴えているようだ。

「医者もお手あげ状態だそうだ。どうか、朱那妃を頼む」

「御意に」

深々と頭をさげ、謁見の間から辞した。緊張から解放されたからか、ドッと汗が噴き出る。見習い仙女たる私でも、皇帝陛下は雲の上のような存在だ。頻繁にお目にかかれるような相手ではない。いまだ、胸がドクンドクンと鼓動していた。

外に出ると、キンと冷たい風にさらされる。肩を摩っていたら、伊鞘さんが上着をかけてくれた。

「あ、ありがとうございます」

「じきに、馬車が来る」

「はい」

伊鞘さんはぶっきらぼうだが、心優しい人だ。一緒にいると、心がじんわりと温かくなる。居心地がよくなるのは、彼が輝宝だからというだけではないだろう。

相性がいい、と言えばいいのか。とにかく、そばにいると心が穏やかになる。

「どうした?」

「あ、えっと、伊鞘さんが、優しいなと思っただけで」

「妻が寒そうにしていたら、上着を貸すのは当然だろう」

「そうなんですね」

妻だから、優しくするのは当然。なんてすてきな考えを持っているのか。伊鞘さんの本当の妻になる人は、きっと幸せだろう。

私は期間限定の契約妻なので、本妻ではなく現地妻的な立場にいると思っておかなければ。でないと、心が保たない。

待つこと五分ほど。紅禁城の敷地内を巡回している馬車に乗り込んだ。

馬車に揺られながら、どうしたものかと考える。

瑠璃妃とはちがい、朱那妃はきちんと医者の診察を受けているという。朝から夕方までは元気で、問題なく過ごしている……。

「桃香、なにか、心当たりはあるだろうか？」

「さっぱりですね。ひとまず、陶器の声を聞いてみようかなと」

「それがいい」

伊鞘さんはそのまま買い付けにいくという。馬車からおりて、自宅に置いてある買い出し用の荷車を用意している。その間に、私は家の中にあるものを取りにいく。

早くしないと、伊鞘さんが出かけてしまう。台所に置いてあったお弁当を手に取って、勝手口から外に出る。

――まだいた。

「あの、伊鞘さん、これ!!」

お弁当を差し出すと、キョトンとした表情を見せる。私とお弁当を交互に見て、首を傾げていた。

「お弁当です」

牛おこわと、揚げ鶏、空心菜のおひたしに、煮卵を詰めてある。もう少し早く起きられたら、もう一品増やせたのに。

金ちゃんを抱き枕にしつつ、太陽が顔を覗かせる時間まで爆睡してしまったのだ。

「これを、俺に?」

「はい。お忙しいかもしれませんが、どこかで休んで、きちんと昼食を摂ってください」

伊鞘さんは私の食堂がなくなってから、昼食をきちんと食べていないという疑いがあるのだ。だから、あらかじめお弁当を用意した。

ちなみに、竹筒で作った水筒にお茶も用意している。ぬかりはない。

伊鞘さんは突然のお弁当に驚いたのか、戸惑っている様子だった。

「すみません、おせっかいでしたか?」

「いや、ちがう。嬉しい。こういう物を用意してもらったのは初めてだから……」

たしかに、この国の人達はあまりお弁当を持って出かける習慣がない。街中にある食堂のご飯が安くておいしい。基本的に、冷えた食事はおいしくないという考えの人達が多いのだ。

でも、このお弁当は冷めても味が染みておいしいものばかりを詰めてある。

「桃香、ありがとう。とても、嬉しい」

伊鞘さんがそう言った瞬間、胸が不思議と温かくなった。これは、徳が高まったときとは異なる、別のものな気がした。

なんと表せばいいものなのか。

徳があがるときはぽかぽか温かくなるのに対し、今、伊鞘さんが喜んでくれたときには、じわじわ温かくなるのだ。ときおり感じるきゅんと胸が高鳴る感覚も、今まで経験したことがないものである。

実は以前から、感じるようになっていた。食堂を営んでいたときは、徳が高まるから伊鞘さんの存在を気にしており、彼が食堂に来ると嬉しかった。けれど今は、伊鞘さんが喜んでくれるかもしれない、元気づけたい、心配だ。そんな感情から、行動を起こすときがある。

これらの行動心理はなんなのか、よくわからない。

「では、行ってくる」

「いってらっしゃい！」

元気よく、伊鞘さんを送り出した。今度は、私が出かける番だ。

縁側で眠っていた金ちゃんに、声をかける。

「ねえ、金ちゃん。一緒に後宮に行かない？」

「いやよ。ワタシ、人間の悪意に触れたら、凶暴化するんだから」

「そ、そうだったんだ」

「それに、また入口で拒否されるかもしれないし」

「うっ、その節は、本当にごめんね」

金ちゃんの同行は即座に諦め、ひとり寂しく後宮へ向かう。もちろん、相棒である陶器を持参して。

後宮が建ち並ぶ場所に踏み入れる。春宮に行ったときも感じたことだが、後宮のある区画は、紅禁城の敷地内でも、雰囲気が異なっていた。女性だけの世界だからか。仙女達が棲まう蓬萊に少しだけ空気感が似ているのだ。

春宮の前を通りかかる。建物を囲う門は閉ざされている。それだけではなく、入口には板が当てられ、釘が打ち込まれていた。

新しいお妃様を立てるつもりはないのか。改めて皇帝陛下の怒りを目の当たりにする。

春宮には、さまざまな人間達の思念が残っているのを感じた。独特の悪い気、瘴気というのだろうか、黒い煙のようなものが、じわじわとにじみ出ていた。ここにいたら、強い感情に引っ張られてしまいそうだ。足早に、去る。

夏宮は、青空みたいに碧く塗られた屋根が美しい建物であった。一歩中に入ると、女官達は快く受け入れてくれた。

春宮はギスギスしていて、おまけに不審者扱いをされた。夏宮の人達の歓迎に、ほっと胸を撫でおろす。

夏宮はその名にふさわしく、内部は暖かいを通り越して暑かった。額に汗が浮かぶのを感じる。

思わず、隣を歩く女官に話しかけてしまった。

「それにしても、ここは、暖かい、ですね」

本当はものすごく暑かったのだが、来て早々文句を言うわけにもいかず、遠回しな言葉を使った。

「朱那妃は寒がりで、いたる場所で火を焚いているのですよ」

「そうなんですね」

なんでも、朱那妃は七十二候ノ国の南にある島国出身で、王都の寒さには耐えられないのだそうだ。体調不良も、慣れない環境の中で過ごしたことが原因では、と推測する医者もいたらしい。

「昼間は、本当にお元気なのです」

「不思議ですね」

夜間にのみ発症する病気だなんて、聞いたことがない。陶器の声で、原因がわかればいいのだが……。

「具体的な様子を聞かせていただけますか？」

女官の眉間に、ぎゅっと皺が寄る。苦しげな表情で、語ってくれた。

「悲鳴をあげながら、苦しそうにのたうちまわっているのです。女官が体を押さえようとしても、殴って遠ざけようとします」

医者が処方した鎮静薬を飲ませようと考えるものの、とても服用できるような状態ではないという。

「まるで、子どもが癇癪《かんしゃく》を起こし、手も付けられないほど暴れているような状況が、一晩中続くのです」

「そう、なのですね」

翌日、朱那妃は夜間の記憶がないという。一晩中暴れて一睡もしていなくても、ごくごく普通に過ごしているようだ。

「この状態では、さすがに皇帝陛下をお招きするわけにもいかず……」

「そうですね。ほかに、変化はありましたか？」

「とくにないかと」

「食の好みが変わったとか、食が細くなったとか、そういうのでもいいのですが」

なにか心当たりがあったのだろう。女官はハッとなる。

「食の好みといえば、発作が起きるようになってから、二人前は平らげ、脂っこい肉料理を好むようになった気がします」

後宮に来たばかりのころは、一人前を完食するのもやっとだったという。ここ最近は、二人前をペロリと完食するようだ。

肉料理に関しては、以前から好んでいたが、食べるのは週に一、二度の頻度であった。最近は、毎日食べたいと言っているという。

「ひとまず、食欲はあるみたいですね」

「ええ」

そんなことを話しているうちに、朱那妃の私室に到着した。

声をかけ、中に入れてもらう。

「わたくし、皇帝陛下の命令で馳せ参じました、薬膳医の桜桃香と申します」

「まあまあ！　どうぞ、中に入って」

「失礼いたします」

扉の向こう側に朱那妃がいて、微笑んでいた。

日焼けした褐色の肌に、絹のような黒い髪、柔和な目元に好奇心旺盛そうな黒い瞳、弧を描いた唇。ふっくらとした体形の、優しそうな御方である。年頃は、二十歳前後くらいか。拒絶されている様子はないため、安堵感が込みあげる。が、部屋の暑さは廊下の比ではなかった。ドッと、汗が噴き出る。私自身が蒸しあがってしまいそうなほどの暑さだ。

「あの――」

「ああ、ごめんなさい。もしかして、暑い？」

正直に言っていいのか迷ったが、このままでは脱水症状で倒れてしまいそうだった。申し訳ないと思いつつ、こくりと頷く。

「ねえ、誰か。火鉢をみっつくらい、部屋の外へと出して。先生が、倒れてしまうわ」

女官達は命令どおり、火鉢を持ち出してくれた。伊鞘さんが話していたとおり、朱那妃は心優しき女性であった。

「ごめんなさいね。祖国の冬の気候に合わせていたの」

「冬でも、こんなに暑いのですね」

「ええ、そうよ」

女官から聞いていたとおり、朱那妃の祖国の気温を再現しているという。みっつも火鉢を撤去したのに、汗が噴き出る。きっとどこかにまだあるのだろう。

「あの、お茶を、用意してもよろしいでしょうか？」

「お茶を飲んだら、余計に暑くなるでしょう？　果物の果汁を冷やしているから、飲みましょうよ」

「果物の、果汁!?」

冬の果物は大変貴重だ。さらにそれを搾ったものなんてかなり贅沢だろう。私はお茶でいい。そう主張しようとしていたのに、朱那妃は手を叩いて女官を呼び寄せる。

「先生に果汁を用意してくれる？」

「かしこまりました」

すぐに、目の前に橙色の鮮やかな果汁が陶器の杯になみなみと注がれて、用意された。

「蜜柑を搾ったものなの。とってもおいしいのよ」

磁器だったらどうしようと思っていたが、杞憂だった。

朱那妃は私が蜜柑の果汁を飲むのを、にこにこしながら待っている。ここは先に飲め、ということなのだろう。

「えっと、いただきます」

「召しあがれ」

手にした陶器の杯は、「とってもおいしいよお」などと喋っていた。蜜柑の果汁は甘酸っぱく、喉をさわやかに潤してくれた。

「いかがかしら？」

「おいしいです！」

「よかったわ」

続いて、朱那妃も杯を持ちあげた。唇に触れた瞬間、陶器の杯が喋る。

「蜜柑の果汁、おいしいねえ」

「え!?」

私が声をあげたので、朱那妃の飲む手が止まる。

「どうかなさって？」

「あ、いや、なんでもないです……」

なんでもないような反応ではなかったと思うが、朱那妃は追及せずに流してくれた。

ホッとしたのもつかの間のこと。

陶器はただ、蜜柑の果汁がおいしいとしか言わなかった。なにか体調不良があれば、気づいて口にするはずなのに。

皇帝陛下がおっしゃっていたとおり、昼間は病気の症状が出ていないようだ。

夜にだけ具合が悪くなる病気とは、いったい……？

演技をして、皇帝陛下との子作りを拒否するような人には見えないのだが。

夜に陶器に触れてもらったらなにかわかるかもしれない。だが、一晩中暴れ回っているというのなら、接近することすら難しいだろう。

「あの、朱那妃様。さっそくですが、夜の状態についてお聞かせいただければと思います。記憶が残っていないと女官からおうかがいしましたが」

「そうなの。まったく、記憶がなくって。わたくし、どうしてしまったのかしら？」

「体が重たくなったとか、一日中体がだるいとか、そういう症状はありますか？」

「いいえ、まったく。それよりも、実家にいたときより元気になったくらいで」

「そう、ですか」

体は異常をきたしている。

それなのに、以前と比べて元気になったというのはありえない。

「ほかに、なにか変化はありますでしょうか？　些細なことでよいのですが」

「変化……。変化といえば、女官達が体に悪いからと、お肉を食べさせてくれなくなったの。病人に食べさせる料理ばかり作って。わたくし、食べることをなにより楽しみに生きているものですから、物足りなくって。ダメよねえ。後宮にやってきたからには、きれいでいないといけないのに……」

これまでも多少ふっくらしていたようだが、後宮にやってきてからさらに太ってしまったようだ。

「でも、肉料理を禁じられた人生なんて耐えられなくって。毎日が辛いの」

思い詰めるほどに食事制限をするのは、精神的にもきつい。

ひとまず、提案してみる。

「では、私がなにか、朱那妃のお好みに合う料理を作りましょうか？」

「いいの!?」

話がまとまりかけたとき、女官のひとりが「なりません」と言う。

「肉料理は、お体の負担になります」

おそらく女官達は、夜の異変から療養食がいいと判断したのだろう。だが、肉料理を食べさせた晩、どうなるかも調べたい。もしかしたら、食べ物が影響している可能性もある。

「たしかに、お肉は消化に負担がかかるかもしれません。ただ、朱那妃様は胃を悪くしているわけではないので、一食くらいなら食べても問題ないかと」

きちんと説明すれば、女官は許可してくれた。ホッと胸を撫でおろす。

「それで、どんな肉料理を希望されますか？」

「豚足の煮込み!!　わたくしの大好物なの」

「おいしいですよね」

豚足を使った料理は、蓬萊でも大人気だ。最近は王都でも、専門店ができるほど流行《はや》っている。

朱那妃が脂身たっぷりの豚足の煮込みを希望したので、女官は「はあ」と盛大なため息をついている。

「あの、豚足は絶大な美容効果があるんですよ。食べた翌日は、肌がぷるぷるつるんとします」

皇帝陛下をお迎えするにあたり、美しくなるのは必須条件だろう。熱く訴えると、女官は納得してくれた。

「えーっと、では、豚足の煮込みを作りますね。材料の豚足は、ここにはないですよね？」

「ええ。肉料理は朱那妃のお体に負担がかかると思っていましたので」

ならば豚足を街に仕入れにいく必要があるだろう。ひとりで出かけたら、また伊鞘さんに怒られてしまう。はてさて、どうしようか。そんなことを考えていたら、女官のひとりが教えてくれた。

「豚足は、後宮の区画内にある精肉店で購入できますわ」

「あ、そういえば、この中にも精肉店がありましたね」

ほかにも、茶葉やお菓子の専門店、雑貨や服を取り扱うお店などもある。どれも、後宮の外にあまり出られない女官のために用意されたようなお店だ。そのため、お妃様が求めるような品は基本的には置いておらず、意外と庶民的なものが取り扱われている。

私も伊鞘さんから生活費を預かり、夕食の材料を買って帰る日もある。

「私が買いにいってまいりますので、先生は料理の下準備をお願いいたします」

「わかりました。よろしくお願いします」

　案内された夏宮の厨房は、春宮よりもさらに広かった。朱那妃が美食家ということで、広く造り直したらしい。

「材料は、長ネギ、卵、生姜、ニンニク、八角、酒に醬油、氷砂糖、油——全部あるね」

　豚足以外の煮込むのに必要な基本的な材料は、すべて揃っている。

　まず、薄切りにした生姜と潰したニンニク、長ネギと八角を香りが漂うまで炒める。次に、調味料を加えて、ぐつぐつ煮立たせるのだ。

　ただの砂糖ではなく、氷砂糖を使うのが蓬萊風と言えるだろうか。雑味を感じさせることなく、極上の甘みを引き出してくれる。

「先生、豚足を買ってまいりました」

「わ、ありがとうございます」

　ちょうどいいときに、豚足が届けられた。理想的な骨のない部位を買ってきてくれたようだ。

　ちなみに豚足には、三種類の部位がある。骨のないもも、ももと蹄の中間部分、それから蹄。もっともおいしいのは、やはり骨のないももだ。

　ムチムチしていて、非常においしそうな豚足である。きちんと下処理もされていたので、そのまま鍋に入れた。

　ここからは煮立ったタレに水を加えて、豚足に味が染みこむまでじっくり煮込むのだ。

ひたひただったタレが煮詰まったら、豚足の煮込みの完成である。

さっそく、陶器のお皿に盛り付けて朱那妃のもとに持っていった。

「朱那妃様、豚足の煮込みが完成しました！」

「きゃあ！　お久しぶり！」

豚足に話しかける朱那妃は可愛らしい。本当に、大好きなのだろう。

「たくさん作りましたので、どんどん召しあがってください」

「先生、ありがとう！」

朱那妃は宝石を眺めるような瞳で、豚足の煮込みを見つめていた。朱那妃の瞳も、豚足も、ともにキラキラ輝いている。

豚足をそっと手に取り、豪快にかぶりつく。もぐもぐと咀嚼し、あっという間にごくんと飲み込んでいた。

「とろんとろんで、もっちりしていて、とーってもおいしいわ。味付けも濃くて、わたくし好み！　この、口に含んだ瞬間のとろける感じが、たまらないのよねえ！」

朱那妃は満面の笑みを浮かべながら、「先生、ありがとう！　夢が叶ったわ！」と言ってくれた。感謝の気持ちが、私の中で徳となる。まさか、豚足の煮込みを作っただけで徳を高める結果になるとは。

朱那妃はよほど豚足の煮込みが食べたかったのか、それからは一言も喋ることなく完食した。お代わりもして、鍋いっぱいに作っていた豚足の煮込みを食べ尽くしてしまった。

おおよそ五人前はあったのに、全部食べてしまうとは。

「先生、本当にありがとう！　満足したわ！」

朱那妃の肌は早くもツヤッツヤになったように感じるが、女官の視線がズキズキと突き刺さる。

いくら豚足が美容にいいとはいえ、食べすぎはよくない。まさか、鍋いっぱいの豚足の煮込みをたった三十分で完食してしまうとは、私も予想していなかったのだ。

「明日も、なにか作ってくれる？」

「そ、そうですね。明日は、健康によさそうな肉料理など、どうですか？」

「たとえば、どんなものがあるの？」

「そうですね……。あ！　四神湯《スーシエンタン》なんかどうでしょう？」

「四神湯？」

「四種類の漢方が入った、モツとハトムギのスープです。漢方が体にいいのはご存じでしょうが、モツは脾臓《ひぞう》、胃、腎臓《じんぞう》、肺を健康にすると言われております。ハトムギには、美肌効果もあるようですよ」

「まあ！　すばらしい肉料理ね」

「はい！」

女官を振り返ると、「それならば、まあ、いいか」という表情で頷いていた。

「では、明日、同じ時間にやってまいりますので」

「ええ、待っているわ」

明日は後宮に行くまでの時間に自宅で作り、鍋ごと夏宮へ持っていけばいいだろう。朱那妃が食べすぎないよう、作りすぎないようにしなければ。

「では、失礼いたします」

「また明日」

女官には、今晩の朱那妃の様子を見ておくようにお願いしておいた。

好きな料理を食べただけで、症状が治まるとは思えないが……。

夏宮を出ると、冷たい風にぶるりと震える。内部は暑く汗をかいていたが、外はうっすら雪が積もっていた。汗が引いて、ガクブルと震えてしまう。

「ううー、寒い!!」

走って帰ろうかと思いきや、途中で煙突から湯気がもくもく漂っている建物に気づく。入口に〝温泉〟という看板がぶらさがっていた。

こんなところに、温泉があるとは。

話には聞いていたものの、実際に目の当たりにすると驚いてしまう。

中に入ると、女官用の温泉であると教えてもらう。ダメもとで印籠を見せたら、入ってもいいいと。湯あがり着も貸してくれるというので、入浴後に汗をかいた服を着なくてもいいようだ。

中に入り、服を脱ぐと、ここで働く女官に手を引かれた。

「え、あの、なんですか？」

「垢擦りをいたします」

問答無用で台に乗せられ、温かい温泉をざばりと被せられたあと、わしわしと磨かれる。痛いのと気持ちがいいのと半々という力加減で、ひと皮剝けたような感覚となった。それだけでは終わらず、髪や体も洗ってくれる。

サッパリしたところで、温泉へと導かれた。

「それでは、ごゆっくり」

「ありがとうございました」

「いえいえ」

白濁の湯に、足先から浸かる。温度は熱めだった。体が冷えつつあったので、指先や足先がジンジンする。けれどそれも、しだいに心地よくなった。

「は――……」

ほかに人もおらず、温泉を独りじめした。

温泉に入れるなんて贅沢だ。蓬萊にもあったが、自由に入れるのは一人前の仙女だけ。たまに、お仕えしている薔薇仙女から入浴のお誘いがあるときだけ、浸かるのを許された。この国でも、蓬萊同様、本来、温泉は贅沢なものだ。それが女官への労いとして、自由に入浴が許されている。

垢擦りしている間にいろいろ情報収集をしたのだが、女官達にとってここの後宮はわりとよい環境らしい。なかなか外に出ることは叶わないけれど、こうして温泉に入ったり、商店で買い物をしたりと、自由な時間が与えられている。

これも、今の皇帝陛下になってから許可されたものなのだとか。以前までの温泉は、皇帝とお妃様専用だったらしい。なんとも贅沢な話である。皆、皇帝陛下に感謝しているのだという。

そんな皇帝陛下のお妃様になれるのは、幸せでしかないと言っていた。

とくに夏宮のあの穏やかな妃が皇后となれば、よりいっそう平和な治世が築けるかもしれない。どうにかして、病気の原因を突き止めなければならないだろう。

ひとまず今日は、朱那妃の好物を作って食べてもらったが、果たして効果があるのだろうか。

明日を待つしかない。

体が温まったので、湯からあがる。と、その瞬間に、女官から腕を取られた。まだ全裸だというのに、またもそのまま先ほどの台へと乗せられる。

「香油を塗りましょう」

「へ!?」

この国では貴重な、薔薇の香りがする香油が塗りたくられた。全身から、薔薇の芳香が漂っている。

薔薇の香りをかいでいると、薔薇仙女を思い出してしまった。元気にやっているだろうか。懐かしさが込みあげ、なんだか切ない気持ちになる。

　近況を知らせる手紙でも、送らなければ。

「どうかいたしましたか？」

「あ、いいえ。なんでもないです」

「では、お召し物をどうぞ」

「ありがとうございます」

　服も寝間着のようなペラペラなものかと思いきや、着心地のよく艶やかな繻子《しゅす》の服が手渡される。服に施された梅の刺繍を手でなぞると、春が待ち遠しくなってしまった。

　これは女官に貸し出されるお洒落着で、好きなときに返せばいいらしい。

　女官達の仕事着は灰色や濃い緑など、地味な色合いのものばかりだった。桃色やすみれ色の服を着られる貴重な機会なのだという。

「こんなよい服を、借りてもいいのでしょうか？」

　女官は笑顔で頷いた。なんでも、皇帝陛下が戦の際、略奪した服の一部を女官達の楽しみのために、貸し出してくれているという。

「皇帝陛下は、お妃様達だけでなく後宮にいる女性すべてを大事にしてくださるすばらしい御方です」

「ええ」

　人外じみた美貌の持ち主であり、さらに心遣いは繊細であると。素晴らしいとしか言いようがない。

髪もきれいに結ってもらった。半分結いあげて、蝶の櫛が刺される。これもまた、貸し出されている一品だというので驚きだ。

品物の管理はきちんとなされていて、盗まれたことは一度もないという。そんなわけないので、ここの施設は女官達に大人気だという。私も、毎日通いたいと思ってしまう。

ちなみに、宦官専用の温泉も後宮の外にあるらしい。

自由はさほどないものの、後宮で働く人達の待遇はかなりいいようだ。

「それでは、ありがとうございました」

「また来てくださいね」

「ぜひ！」

体もポカポカになり、足取り軽く後宮の通りを歩く。途中にあった精肉店でモツを買い、帰宅した。机の上で寝そべる金ちゃんが、「おかえりなさい」と言って迎えてくれる。

「桃香、どうしたの？　身ぎれいになって」

「後宮に女官専用の温泉があったの。そこで、きれいにしてもらったんだ」

「そのような施設があるのね」

「金ちゃん、私、きれい？」

「いつもよりは」

「ありがとう！　伊鞘さんも、びっくりするかな？」

相づちを打っていた金ちゃんが、急に黙り込む。浮かれすぎてしまったのか。

「桃香ってさ……」

「ん？」

「あの男に、惚れてしまったの？」

「ほ……え!?」

「あなたの最近の様子、恋する人間そのものよ」

金ちゃんに指摘されて、脳天に雷が落下したような衝撃を受ける。

私はいつの間にか、伊鞘さんに好意を寄せていた!?

「恋……？　恋って、なに？」

「相手を見るとドキドキしたり、胸が熱くなったり、理由もなくなにかしてあげたくなったり。そういう、理屈では説明できない、ふわふわした感情のことよ。思い当たる節があるでしょう？」

「そ、それは――ある、かも？」

振り返ってみると、たしかに伊鞘さんに対して徳を積むこと以外に雑念があったような気がする。

金ちゃんが言っていたように、理屈では説明できない感情が私の中にたしかに存在している。

「で、でも、あれって、雑念じゃなくて、恋だったの!?」

頭を抱え、特大の衝撃を受けてしまった。

「嘘でしょう!?」

人間に恋をしてしまった仙女は、風になって消えてしまう。きちんとこの世に存在しているか、ペタペタと体を触った。風になるのも、時間の問題なのか。思わず、頭を抱えてしまう。

「金ちゃん、私、どうすればいいの？」

「知らないわよ。自分で考えなさい」

「そんな――!!」

金ちゃんにすがり、これからどうすればいいのかと訴える。金ちゃんはそんな私の頬を、迷惑だとばかりに肉球で押し返した。

そうこうしているうちに玄関の扉が開く音が聞こえた。伊鞘さんが帰ってきたようだ。

「うわ、どうしよう金ちゃん！」

「いつもどおり接するしかないでしょう」

「そ、そうだよね」

伊鞘さんを迎えにいこうとした瞬間、体が硬直し、膝の力が抜け、その場に崩れ落ちた。

「ねえ、桃香。今度はどうしたというの？」

「は、恥ずかしく、なった」

「なにが恥ずかしいのよ？」

「この、着飾った恰好を、見られるのが」

「もう、仕方がない子ね!!」

金ちゃんが代わりに出迎えにいってくれることになった。その間に、いつもの恰好に着替えるようにと言われた。

「金ちゃん、ありがとう！　あとで、甘酒を用意するから」

「米麴の甘酒にしてね」

「了解しました」

金ちゃんのおかげで、気合いが入りまくった恰好を伊鞘さんに見られずに済んだ。ホッとしつつ、帰ってきた伊鞘さんを迎える。

「伊鞘さん、おかえりなさい。今から夕食の支度をするので、もうちょっと待っていてくださいね」

「いや、急がなくてもいい。それと、これを」

伊鞘さんは朝手渡したお弁当箱を差し出す。

「おいしかった」

「よ、よかったです」

お弁当箱は軽くなっている。全部食べてくれたのだろう。

ふと、お弁当箱を包む布になにかぶらさがっているのに気づいた。

赤い紐が蝶を模したような形で結ばれている。鈴と房飾りがついていて、とても可愛らしい。

「これは?」

「飾り結いだ。帯にぶらさげるのが、最近流行っているらしい」

「わ、そうなのですね」

「桃香に、似合うと思って市で買ったのだ」

「私に、くださるのですか!?」

伊鞘さんはそうだとばかりに、深々と頷く。

「嬉しいです！　ありがとうございます」

伊鞘さんはお弁当箱を包む布に結んでいた飾り結いを外し、帯に付けてくれる。急に距離が近づき、ドキドキしてしまった。

帯に、伊鞘さんがくれた飾り結いがぶらさげられる。動く度に鈴がりんと鳴り、飾りがゆらゆらと揺れた。

これで終わりかと思いきや、伊鞘さんは今度は顔を寄せると耳元で囁く。

「今日は、いつもとちがう匂いがする」

「――ッ!」

温泉ですり込まれた薔薇香油の匂いだろう。

服は着替えたが、匂いは消えなかったのだ。

「あ、あの、これは温泉で、塗り込まれまして」

「そうか。普段もいい匂いがしているのだが、なにかつけているのか？」

「普段は、なにもつけておりませんが」

なんだか恥ずかしい。話題を逸らすために、改めて飾り結いへの感謝の気持ちを伝えた。

「あの、これ、本当に嬉しいです。結んだ形が、蝶みたいで可愛いですね」

「それは胡蝶《こちょう》結びといって、幸運を呼び寄せる力がある」

「そうなのですね」

思いがけない贈り物に、頬が緩んでしまう。金ちゃんが「ごほん、ごほん！」と咳払いしたので、ハッと我に返った。

伊鞘さんが、今までになく優しい瞳で見つめているのに気づき、盛大に照れてしまった。

「すみません、はしゃいでしまって。夕食、作りますね」

まずお酒を飲んでいる伊鞘さんに、枝豆をさやごと炒めた、黒胡椒炒めを持っていく。

お酒のつまみは、これが最強であると個人的には考えている。

そして本日の夕食は――豚足の煮込み。

朱那妃の見事な食べっぷりを見ていたら、私も食べたくなってきたのだ。

しっかり煮込んだ豚足を、食卓へと運ぶ。

お皿に山盛りになった豚足を見て、伊鞘さんは目を丸くしていた。

「あれ、豚足、お好きではなかったですか？」

「いや、食べたことがなかったから、驚いただけだ。最近、王都で流行っているのは知っている」

豚足を小皿に盛り付け、伊鞘さんへと差し出す。

しばしためらう様子を見せたのちに、ぱくりと頬張った。

伊鞘さんは、目をカッと見開く。

「いかがでしょうか？」

「うまい！」

「よかったです」

お口に合ったようでよかったと、ホッと胸を撫でおろした。


夕食を終えたあとは、本日の成果を伊鞘さんに報告した。

「――というわけで、朱那妃様の症状は夜にのみ発症するという、不可解なものでした」

「なるほど」

朱那妃の体調不良について、陶器はなにも言わなかったということも告げる。朝から夕方にかけては、健康ということも。

「朱那妃様はお肉を禁じられていたようなんです。それによる禁断症状かもしれないと、今日は肉料理を作って食べていただきました」

今晩、どのような様子を見せるのか。明日の報告を待つしかない。

「もしも、症状が治っていなかったら、どうする？」

「お手あげ状態なのですが、しばらく食事療法を続けまして、それでも変化が見られないようであれば、夜の朱那妃様の様子を確認させていただこうと思っています」

「そうだな」

その際には、護衛のために金ちゃんを連れていくようにと言われた。金ちゃんは後宮に行きたがらないが、なんとか頼み込むしかないだろう。

「桃香にばかり、苦労をかけてしまい、申し訳なく思う」

「いいえ。伊鞘さんのお役に立てて、嬉しく思います」

ここで、私はハッとなる。徳を高めるために始めたのに、いつの間にか伊鞘さんのために頑張ろうと思うようになっていた。

金ちゃんの言うとおり、私は伊鞘さんが好きなのだろう。

どうしてこうなってしまったのか。心の中で、頭を抱えた。

その夜、風になって消えてしまうのではと戦々恐々としていて眠れなかったが、いつしか眠りに落ち、目覚めたときもとくに体に変化はない。

金ちゃん曰く「その伝承自体、見習い仙女を脅すための嘘だったのでは？」と。

そうであってほしいと祈る。

今日は伊鞘さんのお弁当作りと、朱那妃に持っていく四神湯、それから朝食作りを並行して行う。

お弁当はふっくら炊いたご飯に、蓬萊風の甘酢を絡ませた揚げ豚を載せる。隙間に煮卵を半分に割って詰めたら完成だ。

続いて、朱那妃の四神湯作りに取りかかった。豚のモツはお酒と塩で臭み消しを行い、生姜とともに茹でこぼす。

豚骨で出汁を取り、これに芡実《けんじつ》とモツ、赤ハトムギを入れてしばし煮込む。

三十分ほど煮込んだら、茯苓《ぶくりょう》、蓮子《れんし》、淮山《わいさん》を入れる。蓮子は、昨夜、水に浸けておいたのを使う。

ちなみに、芡実と茯苓、蓮子、淮山は漢方である。

それぞれ効能があるのだが――芡実は肌荒れの改善、茯苓は滋養強壮の効果がある。淮山は若返りが期待され、蓮子は内臓の状態をよくしてくれる。

かつての蓬萊で、医術を操る仙女が薬代わりに処方するものだったという。

四神湯はまるで薬のような体によい一品なのだ。

そこからさらに煮込み、薬酒と塩で味を調えたら完成だ。

朝食にはヘチマ入りの小籠包を作ってみた。四神湯を煮込む間に生地やあんを作っておいたのだ。三段に積みあがった蒸籠を、そのまま食卓へと持っていく。

伊鞘さんはすでに起きていて、届いていた書簡を真剣な眼差しで読んでいた。

「伊鞘さん、おはようございます」

「おはよう」

「お待たせしました、朝食です」

部屋の隅にいた金ちゃんも、食卓へとやってくる。

蒸籠の蓋を開くと、ふんわりと湯気が漂う。金ちゃんは猫舌なので、早めに皿に出してあげた。私と伊鞘さんは、アツアツの小籠包を頬張る。

火傷しないように、よーく冷ましてから口に入れた。肉汁が、じゅわっと溢れてくる。ヘチマ入りの小籠包は、あっさりしていて腹持ちもいい。朝食にはもってこいの一品だ。

朝食が済むと、今日も伊鞘さんはいつもどおり街に買い出しに出かけていった。

私は朱那妃の所へ行くまでにまだ少しだけ時間がある。女官への差し入れとして、蒸し饅頭でも作ろう。

伊鞘さんが買ってきてくれた食材の中に、黒砂糖の塊があった。これを使って一品作る。

薔薇仙女は黒砂糖を使ったお菓子が大好物だった。黒砂糖は普通の白砂糖よりも香ばしくて、独特の風味があるのだ。

まず、乳鉢を使って黒砂糖を細かく砕く。そこまで堅いわけではないが、自然と腕に力が入ってしまう。

金ちゃんが通りかかったので、思わず呟いてしまった。

「猫の手でも借りたい……！」

「ごめんなさい。今、忙しいの」

そう言って、金ちゃんはそっけなく昨日私が作った米麹の甘酒をチロチロと舌先で舐めていた。朝から甘酒を楽しむとは、なんと羨ましい人生なのか。

生まれ変わったら、猫になりたい。

「桃香、猫も大変なのよ」

金ちゃんは私の心を読んだように言う。

「そうは見えないけれど」

「あなたに会うまで、苦労の連続だったんだから」

「そっかー」

と、金ちゃんとお喋りしている場合ではなかった。調理を再開させる。

上新粉、小麦粉、ふくらし粉に重曹を加え、器にふるっておく。湯を沸かし、黒砂糖を溶いた。粉物と黒砂糖をよーく混ぜる。この生地を、油を塗った湯呑みに入れてしばし蒸すのだ。

蒸籠を開いた途端、湯呑みが「おいしく蒸しあがったよー」と喋る。なんだかほっこりした気分になった。

以上で、黒砂糖のもちもち蒸し饅頭の完成である。

甘酒を飲む金ちゃんにも、ひとつ献上した。お祈りする振りを見せると、「苦しゅうない」と言ってくれるノリのよい猫なのであった。

蒸し饅頭をひとつ味見してみた。むっちむちに蒸しあがっていて、黒砂糖はコクがある風味で、とてもおいしかった。

粗熱が取れたら、かごに詰めて布をかけておく。

「よし。そろそろ時間かな。金ちゃん、後宮にお仕事に行くから」

「ええ。いってらっしゃい」

「はい。いってきます」

四神湯を、小さめの鍋に移し替え、それごと大判の布で包む。それを抱えて、後宮に向かう。

夏宮に到着すると、女官がふたりがかりで運んでくれた。お昼の時間帯になったら、厨房で温めて朱那妃のもとへ運んでくれるらしい。

ついでに、かごに入れて持ってきた蒸し饅頭も渡す。

「あの、これ、女官さん達で召しあがってください」

「まあ！　ありがとうございます。とても、おいしそうです」

喜んでもらえて、なによりである。続けて、昨晩の朱那妃について聞いてみた。

「残念ながら、容態は快方に向かわず……」

「そうでしたか」

それどころか、いつもより暴れ回る時間が長かったらしい。

「私の作った肉料理で、精がついてしまったのでしょうか？」

「いいえ、そんなことはないかと」

夏宮の女官も主に似て心優しい。私の肉料理が原因である可能性が高いのに……。

「先生とお話しすることによって、朱那妃も気分転換になったようです。どうか、今日も朱那妃のお話に耳を傾けていただけると嬉しく思います」

「わかりました」

朱那妃は朝から私が来るのを首を長くして待っているという。私を、というよりは、作ると約束した四神湯を待っている可能性が大であるが。

女官に導かれ、朱那妃の私室を目指す。

「あら、先生！　いらっしゃい」

朱那妃は笑顔で私を迎えてくれた。

「昨日食べた豚足のおかげで、肌がプルプルなの！　体調もいいような気がするし、すぐにでも皇帝陛下のお渡りを受け入れられるかもしれないわ」

「そ、そうですか」

夜暴れているという自覚は、朱那妃の中にまったくないようだった。

手招きされ、朱那妃が腰かける寝椅子の脇に膝をつく。帯に結んだ飾り結いの鈴がチリンと鳴った。

「あら、帯に付けているそれ、飾り結いね。もしかして、旦那様からの贈り物？」

「ど、どうしてわかったのですか？」

「蝶は縁結びとか、夫婦円満の象徴だもの」

「そう、だったのですね」

　人間界で蝶がそういう意味を持つものだとは知らなかった。これは、伊鞘さんは意味を知っていて私に贈ってくれたのだろうか。そうだとしたら、とても嬉しい。

「先生の旦那様は、どんな人なの？」

「心がきれいで、正義感があって、優しい人なんです」

「すてきな旦那様ね」

「ありがとうございます」

　ここで、朱那妃から思いがけない提案を受ける。

「そうだわ！　旦那様に、飾り結いを贈り返さない？　わたくし、作り方を知っているの。教えて差しあげるわ」

　飾り結いは七十二候ノ国の縁起物で、願いを込めて紐を結い大切な人に贈るのだという。男性は帯に付けずに、身に着けることが流行っているらしい。それなら伊鞘さんの腕に巻けるようなものにしたい。

「私にも、できるのでしょうか？」

「できるわ。そこまで難しいものではないのよ」

「でしたら、よろしくお願いいたします」

　言うやいなや朱那妃はさっそく棚から材料を持ってきた。

「まず、紐を選びましょう」

　飾り結いは主に縁起のよい赤い紐を使うことが多いらしい。その中でも、太さや素材など、種類は多岐にわたる。私は初心者が結いやすいという紐を選んだ。

「飾り結いの意匠はどうする？」

私がもらった蝶のように飾り結いにはさまざまな形があり、それぞれにちがった意味や願いが込められているのだという。

「たとえば金魚は幸運を招くというし、鶴や亀はおめでたいことの象徴とされ、睡蓮の花は子孫繁栄といわれているわ」

「それでしたらなにか、魔除け的な意味合いがある品がいいのですが」

伊鞘さんが事件に巻き込まれないように。そんな願いを込めたい。

「でしたら、桃がいいかと。あなたのお名前でもあるし」

桃は多くの実を付けることから、大きな力があると信じられているらしい。その力をもって、魔を退けると。

「後宮の出入り口にも、桃の護符を張っているのよ」

それほど、人間界では桃が縁起物としての地位を築いているらしい。人間界の文化は、初めて知ることばかりだ。

朱那妃は墨に筆の先端を浸し、庶民には貴重な紙にためらいもせず、さらさらと桃を描いていく。

「こういう感じで、桃の実を結えばいいかと」

「ご教授、お願いいたします」

「ええ、任せてちょうだい」

それから、朱那妃と私は飾り結いを編む作業に熱中していた。時間も忘れるほどに。

完成したのは、およそ三時間後。ちょうど、お昼の時間、といったところであった。

仕上がった桃の飾り結いは、初めてにしては悪くない。いや、むしろうまく作れたほうだろう。

これなら伊鞘さんも腕に巻いてくれるだろうか。

「先生の飾り結い、とってもきれいだわ。本当に初めて？」

「細かい作業は得意なんです。夫が喜んでくれるといいのですが」

「きっと喜ぶわよ。心配しなくても、大丈夫」

「ありがとうございます」

朱那妃の指導がうまかったので、完成度も高く仕あがったのだろう。心から感謝した。

時機を窺っていたらしき女官が、食事はどうするかと尋ねてくる。

「あ、そうだわ。今日は先生が作った四神湯があるんだった！　せっかくだから、一緒に食べましょう」

「では、お言葉に甘えて」

女官が陶器の深皿に注いだ四神湯を運んできてくれた。ほかほかと、湯気が漂う。匂いは完全に、体によさそうな漢方っぽいそれである。

「なんだか、お薬みたいな匂いがするわ」

「味は、そんなことないんですよ。どうぞ、召しあがってください」

「ええ、いただくわ」

ドキドキしながら、朱那妃が四神湯を飲む様子を見守った。

まず、陶器の深皿に触れ、縁に口を付ける。その瞬間、陶器の「体にいいよおー！」という声が聞こえた。相変わらず、朱那妃の不調を教えてはくれない。

少々落胆している間に、朱那妃が四神湯の感想を言ってくれた。

「とっても優しい味がする」

そうなのだ。四神湯は漢方がたっぷり入っているものの、味わいに癖はない。昔から飲み慣れているような、不思議な懐かしさを感じるひと品である。

「モツもやわらかくて、おいしい。ハトムギのぷちぷちとした食感も、面白いわ」

それから、朱那妃は黙って四神湯を食べ続ける。ペロリと平らげたあとは、お代わりを女官に要求していた。

その後、朱那妃は鍋が空になるまで、四神湯を食べ続けた。とんでもない食欲である。

女官達の表情が穏やかではない。だが、今日は漢方たっぷりの汁物なうえに、少なめに作っているので許してほしい。

「はあ、おいしかった。やっぱり、先生の料理は最高だわ」

「お口に合ったようで、なによりです。今後は、いったん肉料理をやめて少し経過を見てみましょうか。体調がよい日が続くようであれば、また再開する、ということで」

「明日は、作ってくれないのね」

「肉料理以外でしたら、お作りしますよ」

「本当？　だったら、なにがいいかしら？」

朱那妃は本当に、食べるのが好きなのだろう。昨日も今日も気持ちがいいくらい、おいしそうに食べてくれた。作ったほうも、嬉しくなるのだ。

「健康によいお肉というのは、ないのかしら？」

「うーん。難しいですね。後日、市場に探しにいってみます」

「お願いね」

今日のところは、ここでお暇《いとま》する。

夜の様子については、もう少し経過を見守りたい。女官に夜の朱那妃の変化を記録しておいてほしいとお願いしておく。

「では、また明日」

「またのお越しを、お待ちしております」

うしろ髪を引かれる思いで夏宮をあとにしようとしたが——扉に破れた護符があることに気づいた。

桃の絵が描かれている。先ほど、朱那妃が話していた護符だろう。

開け閉めしている中で、破れてしまったのか。一応護符なので破れたままではよくないだろう。念のため、女官に報告しておく。

なんでも、貴重なもののようで、再び取り寄せるのに時間がかかるようだ。

「先生、感謝します。まったく、気づいていなくて」

「いえいえ」

今度こそ、夏宮をあとにした。


今日は先に伊鞘さんが帰宅していた。またしても、金ちゃんとは微妙な距離感がある。とても仲良しには見えないが、一応同じ部屋で待っていてくれたようだ。

私の帰宅を確認すると、金ちゃんは無言で部屋から去っていった。声くらい、かけてくれてもいいのに。

「伊鞘さん、ただいま帰りました」

「ああ。無事でなによりだ」

まるで、戦場から戻ったような言葉で迎えられる。

「夕食の準備を――」

「今日は、街に出て、屋台で買ったものを食べよう」

「え、いいのですか？」

伊鞘さんはコクリと頷く。屋台街に行くのは初めてだ。

人の多いところは騒ぎや喧嘩が起きていることが多く、これまで近づかないようにしていたのだ。

今日は、伊鞘さんがいるから大丈夫だろう。

「屋台街には、汚れてもいい服装で行くのがいい。身ぎれいな恰好をしていると、スリの標的にもなりやすい」

「な、なるほど」

やはり、夜の街は昼間に比べて治安があまりよくないようだ。残念だが、昨日伊鞘さんにもらった蝶の飾り結いは外していこう。そんなことを考えていたら、昼間に作った飾り結いのことを思い出した。帯の中から取りだして、伊鞘さんに差し出す。

「あの、これ、今日、朱那妃様に教えていただいて作ったんです。伊鞘さんにどうかなと思いまして」

「俺に？」

「はい。腕に巻く用に結ってみたのですが」

伊鞘さんはそっと、優しい手つきで飾り結いを手に取る。

後宮で見たときはなかなかうまくできていると思ったが、今見たら桃の形が左右非対称であった。まっすぐ結った紐部分も、少しだけ歪んでいるような気がする。

なんてものを伊鞘さんに渡したのか。そう思ったのと同時に、飾り結いが突き返された。

「あ、すみません。やはり、恥ずかしいですよね。素人の結った品を身に着けるというのは……」

「いいや、そうではない。腕に、巻いてくれないか？」

「へ？」

伊鞘さんは腕を差し出してくる。いつも服で隠れている腕は、思っていたよりも太くがっしりしていた。と、腕の太さにドキドキしている場合ではない。

巻けと言われた以上は、受け取ってくれるということなのだろう。くるくる巻いて、きつくならない程度に結んだ。

「えっと、いかがでしょう？」

「気に入った。感謝する」

「へ？　あ、あの、あまりうまくできてはいないのですが」

「そんなことはない。うまく作れている」

気持ちがなによりも嬉しい。そんなことを言ってくれる。

伊鞘さんは淡く微笑み、飾り結いを指先で撫でる。私に触れたわけではないのに、なんだか恥ずかしくなってしまった。

「桃は縁起物だ。いろいろ考えて、編んでくれたのだろう？」

「はい」

照れつつ頷いたのだが、ここでふと気づく。伊鞘さんは蝶の縁起をわかっていて、買ってきてくれたのではないか、と。

それを、直接本人に聞くのも恥ずかしいような気がする。だが、気になる状態のまま、放置もできない。ありったけの勇気をかき集め、質問してみた。

「伊鞘さんは、その……縁起物について、お詳しいのですか？」

「まあ、そうだな。妃は縁起についてあれこれ気にする者が多いから、おのずと覚えてしまった」

「な、なるほど。では、この蝶の飾り結いも？」

伊鞘さんは無表情のまま、コクリと頷いた。

「これからも縁《えにし》が続き、桃香との関係が円満であるように、願いを込めたものだ」

「そ、そうでしたか！」

襲い来る羞恥を、大きな声でごまかす。

これはおそらく、アレだ。契約夫婦の関係がうまくいきますようにと、願いを込めたものである。決して、本当の夫婦としての将来を願ったものではないだろう。

自分でそう言い聞かせ、同時に傷ついてしまう。

いったい、なにを期待しているのか。私は見習い仙女で、伊鞘さんは人間である。生きる世界が、そもそもちがう。それなのに、私は愚かにも伊鞘さんを好きになってしまった。人間に恋をした見習い仙女の行く末を、よくよく知っているはずなのに。

いまだ、私は風となって消えていない。もしかしたら、猶予があるのかもしれないが……。

私は立派な陶仙女となるため、人間界へ修行にやってきた。目的を見失ってはいけない。

「桃香、どうかしたのか？」

「あ――いいえ、なんでもありません。出かける用意をしてまいります」

居間を飛び出し、自室へと戻る。金ちゃんが私の寝台の上で優雅に横たわっていた。

「金ちゃん、これから屋台でお土産を買ってくるから、お腹をちょっとだけ吸わせて」

「仕方がない子ね」

そう言って、金ちゃんはお腹を見せてくれる。しゃがみ込んで、めいっぱいそのお腹を吸った。

気分が落ち込んだときには、猫吸いに限る。私にとって、万能薬なのだ。

「ふう」

「なにか、あったの？」

「金ちゃんが私の恋心を指摘するから、伊鞘さんを意識してしまって」

「愚かね」

「本当に」

恋をすると、人は愚かになる。誰かが、そんな言葉を呟いていた。それは人間だけではなく、見習い仙女にも該当するのだろう。

「あなた、この先あの人間と別れられるの？」

「わからない」

金ちゃんは呆れたように、は――っと深いため息をつく。

「わからないと言っている時点で、別れられない状態まできているのよ」

「うっ！」

「恋に浮かれて、身を滅ぼさないように気をつけなさい」

金ちゃんの言葉は容赦ない。胸にぐさぐさと突き刺さる。

「そういえばあの男、とんでもない存在《もの》から呪われているようだけれど、気づいていた？」

「呪いについては聞いているけれど、とんでもない存在って？」

陽家の男性は、三十歳になる前に亡くなる。原因不明の、恐ろしい呪いだと伊鞘さんは話していた。

「金ちゃん、陽家を呪っている人がわかるの？」

「いいえ、全然。具体的になにに呪われているのかはわからないけれど、あの男の体から生じる呪いの瘴気が、やばさを物語っているわ」

「そ、そうなんだ」

「呪い持ちの男なんかやめなさいよ。顔がいい男だったら、ほかにたくさんいるわ」

「いや、顔がよければいいわけではないから」

「ふうん。理由はなんでもいいけれど、あの男とともにい続けると言うのならば、人間界に残る覚悟を決めておくことね」

「そ、そんな！　私は、一人前の仙女になるために、人間界にやってきたのに」

そう言いながらも、私と別れたあとひとりで余生を過ごす伊鞘さんについて考えると、胸がぎゅっと苦しくなる。

彼を置いて、蓬萊に帰ることなどできるのだろうか。

残ったとしても、伊鞘さんとずっと一緒にいられるわけではない。

伊鞘さんは三十になる前に呪いを受けて儚くなる。私も、人間に恋をした罰としていずれ風になってしまうのだ。

果たして、人間界に残ることが幸せなのか。

その答えは、すぐに思い浮かばない。

「いい加減、肚を括りなさい」

「わかっている。でも――」

恋をすると見習い仙女は文字どおり身を滅ぼしてしまう。

「伊鞘さんだって契約が終わったら、私との夫婦関係を解消するかもしれないのに」

伊鞘さんには伊鞘さんの人生がある。私がいたら、迷惑になる可能性もあるのだ。だから、頼まれてもいないのに、人間界に残ることを視野に入れるなんて愚の骨頂だ。

「とにかく、恋については、今度考えるから」

そんなことを気にしている場合ではなかった。これから伊鞘さんと夜の屋台街に出かける。後宮に着ていった身ぎれいな服を脱ぎ、身の安全を第一に地味な色合いの服に着替えた。財布は盗られないように、帯の奥のほうへとしっかり入れ込む。伊鞘さんからもらった蝶の飾り結いは、化粧箱の奥に大事にしまった。

「じゃあ、金ちゃん、行ってくるね」

金ちゃんは返事をする代わりに、尻尾をゆらゆらと振ってくれた。

伊鞘さんとともに荷車を引く馬車に乗り込み、街の屋台街を目指す。

静かな紅禁城の敷地内を通過し、門をくぐって街に出た。

夜の街は、昼間とは異なる姿を見せている。ところどころに提灯の火が点されて、幻想的な様子で街を照らしていた。

人通りが多く、街並みは大変な賑わいを見せている。

馬車を預け、街歩きを始めた。

「わー、想像以上の人込みです」

「桃香、離れ離れにならないように」

「あ、はい」

伊鞘さんはそう言って、手を差し出してくれる。いったいなんの手かわからずに首を傾げていたら、手をぎゅっと握られた。

どくん！　と胸が大きな鼓動を打ったのと同時に、伊鞘さんは歩き始める。

ここでようやく、私が迷子にならないように手を繋いでくれたのだと気づいた。勝手にドキドキするばかりで、言葉の真意に気づいていなかった。恥ずかしいにもほどがある。

「食べたいものがあったら、言ってくれ」

「了解です」

屋台街には、さまざまな料理が売られている。果物の飴絡めに、焼き小籠包、落花生粉のかかった胡麻団子に、米粉麺、温泉卵などなど。

立ち止まっては食べ、食べては立ち止まりを繰り返し、屋台街を堪能する。

金ちゃんには、鵞鳥《がちょう》の燻製と、棗《なつめ》の春巻き、それからお酒をお土産に買った。

お腹いっぱい食べると、体もポカポカ温まる。

「ほかに、買いたいものはないか？」

「とくにありませ——あ！」

「なんだ？」

「食べたら元気になるお肉とか、ありますかね？　朱那妃様に頼まれているのですが、お出しする前に、一回調理して試食してみたいなと思いまして」

「精肉店の店主ならば、なにか知っているだろう」

朱那妃が食べたいと望んでいるお肉は、果たして存在するのだろうか。

通常、この時間だと商店の精肉店は閉まっているが、屋台街にもお肉を売るお店があるという。

「伊鞘さんは、物知りですね」

「妃に、無茶振りされたことがあるだけだ」

以前、急に、冬宮の凜々妃から「家鴨《あひる》の丸焼きを食べたい」というお達しが届き、街に買いに走ったらしい。

「あそこの店だ」

料理を売る屋台街の片隅に、生肉を売る店があった。食事は買ったほうが安いと言われているこの国でも、そこそこお客さんがいる。

「この肉屋の主な客は、屋台街で店を営業する者達だな」

「ああ、なるほど。材料が尽きたらすぐに買いにいくわけですね」

「そうだ」

台に載せられたお肉を覗き込んだ瞬間、五十前後と思われる店主が声をかけてくる。

「いらっしゃい。どんな肉をご所望だい？」

「あ、えっと――」

なんと言えばいいものか。迷っていたら、伊鞘さんが聞いてくれた。

「滋養強壮にいい肉を探している」

「それでしたら、こちらなどいかがだろうか？」

店主は店の裏でしゃがみ込み、大きな革袋を持ちあげて見せる。いったいなんのお肉なのか。と、考えている間に、革袋がうごうごと蠢く。

「ヒッ、動いた！」

「こいつは活きがいいのさ」

そう言って、革袋の中身を見せてくれた。ひょっこりと顔を出したのは、犬だった。美しい赤毛に、耳はピンと立ち、うるうるとした瞳で私を見つめる。

「い、犬!?」

「はい。生後一年の、雌犬だ。これだけ見事な毛並みの赤犬は、めったにいない」

文化的衝撃を受ける。ここの国の人達は、犬を食べるらしい。

「伊鞘さんも、犬を食べるのですか?」

「いや、俺は、食べたことはない」

「で、ですよね!」

なんでも、赤犬は美食家の間で有名な、滋養強壮効果のある肉なのだとか。そんなの、聞いたことがない。でっちあげだと、危うく言いそうになった。

満腹食堂でも犬料理は出していなかったので、盲点だったのだ。

だがしかし、牛であれ、豚であれ、鶏であれ、生き物の命をいただくことに変わりはない。犬だからと、かわいそうだなんて言うのはおかしいのかもしれない。

だがしかし、赤毛の犬はうるんだ瞳を私に向ける。買い取ってくれと訴えているのか。

「さあ、いかがだろうか?」

「う――ん。ちなみにこのわんちゃん、お値段はいくらでしょう?」

あまり大きな声では言えないのか、ボソボソと、耳元で囁かれる。

「た、高い!!」

かつて営業していた満腹食堂五日分の売り上げと同じ価格であった。買えるわけがない。

「くぅん」

赤毛の犬は、切ない声で鳴く。このまま私が買わなかったら、数時間後にはお肉になっている可能性が大だ。

どうしよう、どうしよう、どうしよう……！

悩んだ挙げ句、伊鞘さんを振り返る。消え入りそうな声で、お願いしてみた。

「あのー、伊鞘さん。このわんちゃんを、買いたいのですが」

「わかった」

あっさりと承諾してくれた。赤毛の犬は、伊鞘さんがすんなり懐から出した金と引き換えに、そのまま手渡される。

「くぅん、くぅん！」

まるで「助かったよー」と言わんばかりに、甘い声で鳴いていた。

「伊鞘さんに、感謝をしなければいけませんよ」

「くぅん！」

犬を抱えているので、もう帰ることにした。結局朱那妃が望むお肉を手に入れることはできなかったが……。

帰りは御者席に座らずに、犬を抱いて荷台に座る。

「あの、伊鞘さん、ありがとうございました」

「ああ。帰ってから、さばくか？」

「はい？」

「情が移る前に、さっさと肉にしておいたほうがいい」

「いや、食べませんよ！」

びっくりした。どうやら伊鞘さんは、私が犬のお肉を食べると思い込んでいたようだ。

「あの、番犬にでもどうかと思いまして。ダメでしたか？」

「いや、ダメではない」

蓬莱に帰るときは、金ちゃんと一緒にこの子も連れて帰ろう。

「伊鞘さんが、名付け親になってくれませんか？」

「俺が、か？」

「はい！」

ドキドキしながら、命名の瞬間を待つ。

「非常食」

「え？」

「非常食だ」

聞きちがいではなかった。伊鞘さんはたしかに、犬に〝非常食〟と名付けた。

「な、なぜ、その名前に？」

「非常時には、食料になるからだ」

「ひ、酷い！」

そんな言葉を返すと、伊鞘さんは笑い始める。どうやら冗談だったらしい。

犬の顔を見ると、くりっとした瞳をキラキラ輝かせていた。

「非常食って、酷いよね？」

「くぅん!!」

「え、えっと、非常食は冗談でして」

「わん!!」

非常食は自分の名前だとばかりに、犬は鳴き声をあげる。どうやら、秒で定着してしまったようだ。

【命名：非常食】

どうなんだと思いつつも、〝ひーちゃん〟と呼べばいいかと、自分を納得させる。

そんなわけで、家族が増えた状態で帰宅し、いざ金ちゃんとひーちゃんのご対面となったわけだが――。

「ちょっ、なんで犬がいるのよ!!」

いつもどおり興味がないという薄い反応かと思いきや、金ちゃんは全身の毛を逆立たせていた。

一方で、ひーちゃんは金ちゃんと遊びたいのか、接近しようと手足をばたつかせている。

「桃香！　その犬、外に繋いでちょうだい！　私に、近づけないようにして！」

「そこまで拒絶しなくても」

「あやかしと犬は、昔から相性が悪いの！」

ひとまず、ひーちゃんは伊鞘さんの部屋で飼うこととなった。後日、伊鞘さんが犬小屋を作ってくれるという。

金ちゃんに仲良くねと言いたいところだが、それは難しいだろう。右腕に金ちゃん、左腕にひーちゃんを抱えて蓬莱に帰る日を想像し、遠い目になってしまった。


しんしん、しんしんと雪が降る。もう、春も目前だというのに、こんなに雪が降るなんて。昨晩から降る雪は、大地を真っ白に染めていた。

金ちゃんは「最悪」と言ってさっきから火鉢の前を動こうとしない。あまり近づくと、丸焼きになってしまうよと注意しておく。

一方で、ひーちゃんは尻尾をぶんぶん振って、嬉しそうに庭を駆け回っていた。縁側に腰かけた伊鞘さんは、孫を溺愛するお爺さんのような視線をひーちゃんに向けている。なんだかんだ言って、伊鞘さんはひーちゃんを可愛がっている。

陽家は今日も平和だ。

私はといえば、結局、毎日夏宮へと通っていた。相変わらず、朱那妃は夜は暴れ回っているようである。それなのに、翌日は少し昼寝をするだけで元気という摩訶不思議さだ。

毎日女官に記録を取ってもらっているが、食べているもので夜の様子が変わるというわけではないらしい。

とうとうお手あげ状態となったので、今夜が最終手段――私が直接、夜の朱那妃の様子を見ることになった。多少の危険も仕方がない。

手も付けられないほど暴れるというので、私が行ったとしても陶器に症状を喋ってもらえるような状況ではないと思われるのが一番の懸念点なのだが……。

医者も匙を投げたというほどなので、陶器の力が借りられないなら私にできることはないと思われる。

夜の外出なので、さすがにひとりでは恐ろしい。今晩だけは金ちゃんに同行してもらう。

三日分の甘酒で手を打ってもらった。

身支度していると、伊鞘さんがやってくる。腕の中に、ひーちゃんを抱いていた。

「俺も行きたいところだが、後宮に男が入るのは難しい。そんなわけで桃香、非常食を、連れていけ」

伊鞘さんは真面目な表情で提案する。

春宮で起こった騒動をきっかけに、後宮に出入りする宦官の確認が厳しくなったようだ。入る前に身体検査をするようで、服なども全部脱がされるらしい。

代わりにひーちゃんを連れていけと言うが……。

「一応、金ちゃんも連れていくのですが」

「そうよ！　ワタシがいるから、大丈夫なんだから！」

伊鞘さんがひーちゃんを床に降ろすと、金ちゃんはびくっと跳ねる。

「あやかしである金華猫がここまで怯える最強の犬だ。夜道も問題なかろう」

自信ありげな表情で言い切った。親馬鹿ならぬ犬馬鹿が過ぎるのでは？　と思ったがなにも言わないでおく。たしかに、一部のあやかしにとって犬は脅威だと聞く。連れていて、損はないだろう。

「わかりました。ひーちゃんも連れていきます」

「ちょっと、桃香！」

「金ちゃん、豚の角煮も報酬に追加するから」

「豚の角煮も？　じゃあ、仕方がないわね」

金ちゃんが食いしん坊でよかったと、心から思った。

「では、伊鞘さん、いってきます」

「ああ」

心配顔の伊鞘さんの見送りを受けつつ、いざ後宮へ。

今宵は満月。月明かりが、真っ白な雪原を明るく照らしているように見えた。なんだか、不思議な空間である。

金ちゃんは雪の上を歩きたくないというので、私が抱きあげたまま歩く。ひーちゃんは、「夜の散歩だーー！」とばかりに嬉しそうに歩いていた。

夜も更け、昼間は人通りのある後宮内も人の気配がまったくない。

いつもは感じない、風のヒュウヒュウという音や、雪の上を歩くサクサクという足音が大きく感じる。

ひとりだったら不安がかき立てられるような状況だが、今日は胸に金ちゃんを抱き、手にはひーちゃんを引いている。心強い。

夜の夏宮も、内部は暖かい。今まで極寒の中にいて体が冷え切っていた。突然暖められた頬や耳、指先が、ジンジンと痛む。

「先生、お待ちしておりました」

「夜分遅くに、申し訳ありません」

「いえいえ」

はじめはこちらの連れてきた金ちゃんやひーちゃんに驚いていた様子だったが、一緒に入ってもいいか尋ねると、女官達は快く承諾してくれた。

朱那妃の寝室に近づくにつれて、寒くなっていく。

「あの、今日は極限まで暖かくしていないのですね」

「ええ。夜、暴れるようになってからの朱那妃は、暖かくするのを嫌うんです」

後宮を故郷のように暖かくしている普段の朱那妃とは、別人のようだという。

いったい、どうしてしまったのか。

遠くのほうから、獣のようなうなり声が聞こえた。ひーちゃんの足取りが、慎重になる。

金ちゃんは毛を、逆立たせていた。

「あれは、もしかして朱那妃様の声でしょうか？」

「ええ」

一歩前に進もうとしたら、金ちゃんがぼそりと囁く。「注意するように」、と。

「金ちゃん、それってどういう――」

「こちらが、朱那妃の寝室となります」

金ちゃんの話を聞く間もなく、朱那妃の寝室に到着した。

「こちらの小窓から、内部の様子を確認できます」

「ありがとうございます」

近づくにつれてうなり声が大きくなっていたが、私が覗き込んだ瞬間、咆哮のような声が響き渡った。

「グルルルルルルルル!!」

まるで、獣。それが、正直な感想である。

手足を縛られた朱那妃と小窓越しに目が合う。あの優しかった昼間とは別人のような顔つきで睨まれ、ぞわりと、肌が粟立つ。

朱那妃は目をカッと見開き、悪態をつくように叫ぶ。

「おい、誰ぞ、やってきたのは!?」

喋り方や声色も、いつもとまるでちがった。これは、病気なんかではない。

病気ではなく、これは……。

もっと早く夜の様子を見にくればよかった。

すぐに、女官をさがらせる。こちらが呼ぶまで、近づかないように言っておいた。

女官がいなくなるのを確認し、金ちゃんに問いかける。

「金ちゃん、あれ、獣憑きだよね⁉」

獣憑きとは、無残な死を遂げた獣が悪霊となり、人間に取り憑いて悪さをする現象である。一目でわかってしまった。

「獣憑きなものですか！　あれはもっと――」

しかし、金ちゃんの判断はちがうようだ。

「臭い、臭いぞ！」

どたん、ばたんと、朱那妃は床に手足を打ち付けながら叫んだ。

「えっ、臭いって、きちんと毎日お風呂に入っているのに」

「臭いのは桃香、あなたではないわ」

「え、金ちゃん？」

「ワタシでもない‼」

だったら――。ちらりと、ひーちゃんを見る。小首を傾げるひーちゃんは、さっき伊鞘さんが後宮に一緒に行かせるためにと、お風呂に入れてくれていた。

「だったら、なにが臭いの？」

「そこの犬に決まっている!!」

朱那妃が野太い声で叫ぶ。

「え、ひーちゃんが?」

いったいどうして、ひーちゃんが臭いのか。首を傾げた瞬間、窓から月明かりが差し込む様子が小窓越しにわかった。

「とうとう、本性を見せてくれるようよ。桃香、警戒を怠らないように」

「え、本性!?」

小窓から部屋の中を覗き込む。少しだけ差し込んでいた月光が、朱那妃の寝室全体を包み込むように照らした。

「ううう、うううう!」

と、朱那妃は急に大人しくなり、床にへばりつく。微かに、震えているように見えた。

「うああああああ!!」

次の瞬間、急に叫びだしたかと思えば、朱那妃は白い光に包まれた。

「うわっ、眩しい!」

パチ、パチと瞬く間に、朱那妃の姿が変化する。なんと頭部に耳が生え、臀部《でんぶ》からは尻尾が生えていたのだ。

「なっ、あれは!?」

ひーちゃんが、ぐるるるると唸っている。吠えかかった瞬間、朱那妃の手足の拘束は引きちぎられ、ハッと息を呑む間にこちらへ接近する。

壁一枚だけ隔てた距離で、朱那妃は叫んだ。

「死ね!!」

明らかな悪意が向けられていた。鋭い爪が生えた手が、突きつけられる。だが、幸いにも朱那妃と私の間には壁があり、攻撃は届かなかった。しかしそれも、時間の問題だろう。逃げるわけにはいかない。ここで私が逃げ出したら朱那妃は女官を攻撃する。なんとか解決しなければ。

ひとまず、寝室の扉は朱那妃が外に出ないように女官が施錠している。けれど、私が覗き込んだ小窓の枠を狂暴化した朱那妃が爪で剝がそうとしていた。

バリ、バキ、ギシ――そんな不気味な音が、静かな夏宮に響き渡る。

「金ちゃん、あれって、まさか妖狐《ようこ》？」

「ええ。典型的な妖狐ね。獣憑きよりも、厄介だわ」

そういえば、夏宮の出入り扉に貼られていた桃の護符が破れていた。その隙に入り込んでしまったのかもしれない。

脂っこい肉料理を欲するのも、妖狐が取り憑いていたのなら納得だ。

謎が、一気に解決する。

「ど、どうすればいいの？」

見習い仙女といっても、私ができるのは陶器の声を聞くことだけ。こういうのは、あやかし退治の専門家である陰陽師の仕事だろう。

「同じあやかしのよしみで、なんとか朱那妃の体から出ていくように、説得してくれない？」

ダメ元で私は金ちゃんに懇願する。

「無理よ。あやかしに、協調性があるわけないでしょうが」

「た、たしかに……！」

が、金ちゃんと話している間にバリバリバリと音を立てて、小窓が裂けてしまった。

「きゃ――――!!」

朱那妃の瞳は、黒から金色になっていた。だんだんと人ならざる存在《もの》に、近づきつつあるのだろう。

朱那妃の体が完全に妖狐に乗っ取られる前に、どうにかしなければ。

「ええ、でもでも、どうにかって、どうするの!?」

「桃香、叫んでいないで、来るわよ」

「いや――――!!」

朱那妃は四つん這いになり、飛びかかってくる。逃げようとしたが、手にしていた散歩紐にくん！　と引っ張られた。ひーちゃんが、朱那妃に向かって吠える。

「がうがうがうがう!!」

「ひいっ!!」

獰猛《どうもう》な様子で飛びかかってきたが、ひーちゃんが吠えると朱那妃は大きく仰け反った。

「もしかして、犬が、苦手なの？」

「ああ、そういえば、妖狐は犬が苦手で大嫌いだという話を聞いたことがあったような」

「それを早く言ってよ！」

なんでも、古来より妖狐は人の身に化け、人間界に溶け込んでいたらしい。しかし、いかにうまく化けても、犬が妖狐の存在に気づいてしまうのだという。

いつもいつでも、妖狐の暗躍を暴くのは、犬の存在であった。よって、妖狐は犬を恐れるようになったのだとか。

「そうか、だったら！」

最終兵器、ひーちゃん頼みである。踏ん張って吠えていたひーちゃんを胸に抱き、朱那妃のほうへと突き出した。

「ひい、ひいいいい！　その臭い生き物を、こちらへ寄越すでない!!」

朱那妃に取り憑いた妖狐が臭いと言っていたのは、ひーちゃんもとい犬の臭いだったらしい。

「ひーちゃんは臭くない！　石鹸の、いい匂いがするんだから！」

「ひいいいい!!」

朱那妃は円卓や籐の寝椅子にぶつかりながら、逃げようとする。もちろん、逃がすわけがない。

じりじりと接近し、ついには壁際まで追い詰めた。

「その体は、朱那妃様のなんだから！　出ていきなさい！」

ひーちゃんに「行くよ！」と声をかけ、ふわふわの体を朱那妃の頰へつけた。

「ぎゃあああああああああああああ！！！！」

咄嗟に、ひーちゃんの耳を塞ぐ。

朱那妃は断末魔の叫びをあげて、気を失った。

耳と尻尾もまるであったことが嘘のように消えてなくなる。

「成功、したの？」

「どうやら、そのようだな」

「妖狐は？」

「尻尾を巻いて逃げたようだ」

退治はできなかったものの、私は陰陽師ではない。朱那妃の体から妖狐を追い出せただけでも、及第点だ。

伊鞘さんがひーちゃんを連れていけと託してくれたおかげで、助かった。

取り憑いていた妖狐はいなくなったものの、朱那妃の意識は戻らない。顔色は悪いが、怪我をしている様子はなかった。ホッと、胸を撫でおろす。

と、背後から、女官達の声が聞こえた。

「先生！　いかがなさいましたか？」

「叫び声が聞こえたのですが！」

「もう、大丈夫ですー!!」

バタバタと、女官が駆けつける。裂けた小窓と、倒れた朱那妃を見て驚いている様子だった。

「いったい、なにが――？」

「朱那妃様に、妖狐が取り憑いていたようです」

「まあ！」

満月の夜は、あやかしの力が満ちる日だと言われている。今夜は、もっとも妖狐が力を付ける晩だったのだろう。女官達だけだったら、大惨事になっていた。

「先生、ありがとうございます」

「感謝します」

ひとまず、あやかしが入り込まないよう早急に桃の護符を貼ったほうがいいと勧めておいた。

こうして、夏宮の大問題は解決したのである。

その後しばらく、朱那妃は昼夜問わずこんこんと眠り続けた。妖狐が取り憑いていた影響で、一度意識を取り戻してからも一日のほとんどを眠り続けているらしい。

陰陽師が快方に向かうよう、日がな一日診ているようだ。

ただ、治療には時間がかかりそうで、お妃様の位は返上したということだった。落ち着いたら実家に戻り、療養するという。

こうして春宮に続き、夏宮も閉鎖されてしまった。

なんでも夏宮にはあやかしが出入りしやすい異空間があり、取り壊しが決まった。

それまで大きな騒ぎにならなかったのは、夏宮の内部を朱那妃の命令で暖かくしていたかららしい。あやかしは人が作り出す熱を苦手としている。朱那妃のおかげで、被害は最小になっていたというわけだった。

バタバタと過ごす中で、大地を覆っていた雪が徐々に溶けていく。

たんぽぽの蕾が綻ぶのを発見し、もうすぐ暖かな季節になるのだなと実感した。

伊鞘さんと縁側に座り、お手製のよもぎ団子を一緒に食べる。あつあつのお茶を飲みながら、こんな日が続けばいいなと思ってしまった。

第三章　秋宮　もっちもちの杏仁豆腐

陽家の庭に植えられた桃色の桃の花が、いっきに開花した。鯉が泳ぐ池にはらはらと花びらの舞い落ちる様子は美しいとしか言いようがない。

すっかり春だと、しみじみ思った。

伊鞘さんが桃の花をお妃様に献上するといいと言っていたので、剪定ばさみでパチリと剪る。

「――と、こんなものかな？」

暖かな風が漂う庭で、ひーちゃんが駆け回っていた。

庭の池に飛び込まないか、若干ハラハラしつつ見守る。ひーちゃんは水が大好きで、この家に来てからというもの、何度も池に飛び込んでいるのだ。

そんなひーちゃんはずっと室内で飼われていたが、つい先日、庭に移った。

小さな宮殿のような犬小屋は、夏宮の問題を解決した褒美として皇帝陛下より賜ったものだ。皇帝陛下が住まう宮殿とまったく同じ形、同じ素材で作られている、非常に贅沢な犬小屋である。

ところで紅禁城内にも、桃の花が咲き誇る広場があるらしい。そこは、紅禁城で働く者ならば、自由に出入りしていいのだとか。

伊鞘さんは春遊――お花見にでも出かけようか、なんて言っていたが、私のもとには次なる任務が言い渡された。

三つ目の後宮、秋宮で体調不良を訴える瑞貴妃の病状を診てほしい、と。

瑞貴妃は「四美人」と呼ばれるお妃様の中で、もっとも美しい御方だという。いったい、どのような美貌をお持ちなのか。

そんなことを考えつつ、さっそく陶器の茶器を持って秋宮へと向かう。

夏宮の問題を解決したことで、伊鞘さんはたいそう喜んでくれた。その結果、徳がぐぐっとあがった。

陶器の呟きがこれまで以上に聞こえるようになったのだ。以前まではひと言、ふた言程度だったが、今は流暢に喋っている様子が聞き取れる。

だが、陶器の言葉はとても気まぐれ。私が話しかけたら必ず、しかも答えてほしいことを答えてくれるようになるまでの道のりは遠い。

と、そんなことを気にしている場合ではなかった。目的地である秋宮まで、急ぎ足で向かう。

今回も伊鞘さんの提案で、金ちゃんとひーちゃんを連れていくこととなった。

後宮にも、桃の花はたくさん植えられていた。美しく咲いた桃色の花が、風を受けてはらはらと散る。なんとも美しい光景である。

だがしかし、道行く人々は桃の花を見ていない。私をチラチラと見ていた。

紅禁城の敷地内には犬の散歩紐を引き、腕に猫と献上する桃の花を抱いている者などない。そのため、注目の的になっているのだ。

「せめて、金ちゃんはかごに入れてくれればよかった……！」

「いやよ。かごはチクチクするもの」

「そこをなんとか」

ぼそぼそと小声で会話しつつ、秋宮までの道のりを進んでいく。

小さな街のように区切られた世界、後宮。

今日も、小規模な商店が並び、どこかの女官が道を行き来している。

ひとりで街に行けないので、ここにあるお店を最大限に活用していた。温泉は週に何度も通っているし、精肉店や青果店で夕食の材料を買って帰る日もある。店員も女性ばかりで、宦官はいない。だから、余計にのびのびと過ごせるのかもしれない。

と、るんるん街歩きをしている場合ではない。瑞貴妃のいる、秋宮を目指さなければ。

たどりついた秋宮は、橙色の屋根に赤い柱、茶色の壁とどことなく秋を思わせる外観であった。

出迎えた女官は春宮ほどの拒絶反応はなく、かといって夏宮ほど歓迎するわけでもなく。

金ちゃんとひーちゃんも入っていいというので、その辺はひとまずホッとする。

が、そのまま瑞貴妃のもとへと通されることはなく、別室に案内された。

円卓に置かれた花瓶には、さっそく持参した桃の花が生けられている。言葉にこそ出さないが、快く受け入れてくれてはいるのだろう。

しばらくここで待つように言われる。ぼんやり桃の花を眺めていたら、女官がお茶を持ってきてくれた。茶請けのお菓子として添えられている桃まんじゅうも、おいしそうだ。

が、喜んでいる場合ではない。さっそく、本題へと移らなければ。

「あの、瑞貴妃様のご体調について、お聞きしたいのですが」

「こちらに、まとめてあります」

女官の差し出す紙を見るに、瑞貴妃の体調不良の大きな原因は――生まれながらの虚弱体質。

なんでも、生まれ育った自然豊かな土地では、のびのびと暮らしていたらしい。しかし、嫁いだあと王都の空気と合わず、ほぼ寝たきりの状態であると。

王都は工業が盛んで、とくに染料を作る工房からは毎日もくもくと煙が立ち上っていた。晴天であっても空がかすむほどに。

私も人間界に来たばかりのころは喉を痛め、毎日蜂蜜を舐めていたことを思い出す。外に出ただけで、咳が止まらない日もあった。

数年経った今は、喉の違和感はなくなり、すっかり王都仕様となっている。一日中歩き回っても、喉が痛くなることはない。

「――わかりました。最善を尽くしてみましょう」

そう言うと、女官達はホッとした表情を見せていた。

瑞貴妃が女官らと良好な関係を築いているのが垣間見える。

「では、瑞貴妃様のもとへと案内していただけますか？」

今日は問診を行い、具体的な改善策は後日行う。そんなことを話しながら、瑞貴妃の寝室を目指した。

どうやら今日も、瑞貴妃は床に伏しているらしい。起きている時間は、一日の中でごく僅かだという。

「あの、瑞貴妃様は、こちらに嫁いでどれくらいなのでしょうか？」

「半年くらいです」

「そうでしたか」

私も王都の生活に適応するのに、一年くらいはかかった気がする。おそらく、今がもっとも辛い時期だ。

「こちらが、瑞貴妃の寝室になります」

室内は遮光の布で覆われていて薄暗い。瑞貴妃のそばに灯籠が置かれ、ぼんやりと周囲を照らしている。

私が来ると聞いていたからか、瑞貴妃は上体を起こしていた。

「瑞貴妃、彼女が皇帝陛下が遣わした薬膳医、桜桃香先生です」

「犬と猫以外、お入り」

凛とした、落ち着きのある声がかけられる。

金ちゃんとひーちゃんは、寝室の前で待たねばならないようだ。金ちゃんは廊下におろし、ひーちゃんの散歩紐は女官に託す。

許可がおりた私のみ、中へと入らせていただいた。

瑞貴妃は少し離れた場所に置かれた座布団を指差し、私に指示を出す。

「そこに、座りなさい」

「は、はい」

背筋をピンと伸ばして、座布団に座った。

そっと、瑞貴妃を見る。なんだか冷え冷えとした空気を発しているような気がした。瑞貴妃個人としては、私を歓迎していないのかもしれない。

具合が悪いときはゆっくり寝ていたいものなので、気持ちは理解できるが……。

四人のお妃様の中で、もっとも美しいという瑞貴妃。その美貌は、薄暗い部屋の中でも確認できた。

歳のころは、おそらく十五歳前後だろう。瑠璃妃や朱那妃よりも、ずっと若い。まだ、少女といってもいいお年頃だ。

結っていない髪は、驚くほどさらさらで真っ直ぐだ。ぱっちりとした猫の目のような瞳は、吸い込まれそうなほど美しい。形のよい鼻に、さくらんぼのような唇、化粧もしていないのに白い肌など、美という文字が擬人化したような女性であった。

ただ、妙齢の女性としては、痩せすぎではあるが……。

うっかり見とれてしまったが、ジロリと睨まれてハッと我に返る。不躾な視線だったのだろう。謝ったが、不快極まりない、という感じで再び睨まれてしまった。

取り繕うように、自己紹介をしてみるが――。

「あの、私は桜桃香と申しま……」

「名前は聞いている」

「すみません」

おろおろしている間に、女官がお茶を持ってきてくれた。きちんと陶器の器であることを確認し、瑞貴妃が口にするのを待つ。

まずは、毒見係が飲むらしい。質素なひと口大の猪口のような銀器にお茶が注がれる。

ほかの宮殿ではしていなかったことだ。

皇帝陛下の妃という身は、常に命の危険があるのだろう。

毒見は滞りなく進められ、続いて美しく紅葉した葉が描かれた陶器の茶器二客に、お茶が注がれる。

「先生も、どうぞ」

「ありがとうございます」

まずは、瑞貴妃が湯呑みに口を付ける。陶器が喋るよりも先に、瑞貴妃が感想を述べた。

「おいしくない」

お茶を淹れてくれた女官の前で、堂々と感想を述べる。心が強すぎると思った。

しかしながら、次なる瞬間に陶器が喋った。

「よかったねえ、とってもおいしかったんだねえ」

いったいどういうことなのか。咄嗟に瑞貴妃を見る。

先ほどおいしくないと言ったのに、お茶をごくごく飲んでいるではないか。

これは、あれか。思っている心の内と逆の言葉を口にしてしまう御方なのか。

ということは、もしかしたら歓迎されていないというのも態度が真逆になってしまっているだけで、実は歓迎しているとか？

「ねえ、さっきからこちらの顔ばかり見て、なんのつもり？」

「も、申し訳ありません！　あまりにも、お美しいので」

「くだらない」

いくら美しいからといって、見つめ続けるのは失礼にあたる。頭をさげて謝罪した。

「そもそも、薬膳医ってなに？」

「体調の悪い方の症状をお聞きして、体の調子を整える料理を作る者です」

「怪しい」

切れ味のある言葉は、私の胸にぐさぐさと突き刺さる。自分でも怪しい存在だと思っているので、余計に響く。

そっと帯から印籠を出し、瑞貴妃へ見せた。

「一応、皇帝陛下直属の者ですので、どうか信用していただけたらなと」

皇帝陛下より賜った印籠の力は絶大で、瑞貴妃は睨むような目つきをやめてくれた。

態度も軟化してくれれば意思の疎通がしやすくなるのだが、唇をぎゅっと噛みしめて不服だという表情は浮かべたままだ。

気にしたらダメだと思い、質問を投げかけてみた。

「えっと、では、体の調子について、お話しいただけたらな、と」

まず、瑞貴妃の食生活について聞く。

「朝食は、どれくらいの時間に、どんなものを、どれだけ召しあがっているでしょうか？」

「朝食は食べない。食欲がないから」

「なるほど」

話を聞いていると、どうやら朝が苦手だということがわかった。朝食は一日の活動力の源となる。しっかり食べないと、元気にならない。

現に、瑞貴妃の顔色が悪いような気がする。この部屋は薄暗いので、きちんと確認できないが。

「ご実家にいらっしゃったころから、朝食は召しあがっていなかったのですか？」

「いや、実家にいたときは、少しだけ、食べていた」

「そうでしたか」

やはり、王都にやってきて体調を崩したので、朝食を口にする元気すらなくなってしまったのだろうか。

昼食と夕食の内容と食べている量を聞いたが、信じられないくらい食が細かった。

布団から見えた腕は、驚くほど細い。しっかり食べていない証拠だろう。

「あの、瑞貴妃様。しばらく、私に料理を作らせていただけませんか？」

印籠をちらつかせながら、瑞貴妃にお願いしてみる。すると、顔を逸らしながらよい返事をしてくれた。

「べつに、好きにすれば」

「ありがとうございます！」

こうして、ひとまず明日から、瑞貴妃の専属料理人として腕を揮うこととなった。一度帰宅して、瑞貴妃に合った献立を考えなければ。

「あの、お好きな料理とか、食材をお聞きできたらなと思っているのですが」

「ない」

「では、嫌いな料理や、食材は？」

「さあ？」

なんともつれない返事である。しかし、専属料理人として最低限の許可はいただいた。

明日から、三食召しあがってもらうことを目標に頑張らなければ。

「では、また明日、うかがいます」

瑞貴妃は早く出ていけと、無言で手を振っていた。苦笑しつつ、部屋を辞す。

金ちゃんとひーちゃんの姿がなかったが、出入り口付近にある部屋で待っているという。

案外大人しくしているようだ。もう少しだけ、待機していてもらおう。

厨房で料理を担当する女官に話を聞きにいった。

食で病の快癒を目指す薬膳医だと名乗ったら、こちらでも驚いた顔をされてしまう。怪しい奴だと思われないよう、皇帝陛下から賜った印籠を見せてから質問を投げかけた。

「瑞貴妃の、食の好みですか？」

「はい。ぜひとも教えていただきたいな、と」

「承知いたしました」

基本的に、瑞貴妃が出される食べ物について物申すことはないという。ただ、そば付きの女官が、先に箸を付けたものや、食べているときの表情などからお妃様の好みを察し、報告し、それを基に献立を考えているのだとか。

「瑞貴妃は、あっさりしたお食事を好むようです。こってりした料理には、箸を付けない日もございます」

「なるほど」

とくに好んでいるのは、貝で出汁を取った汁物や、野菜を包んだ小籠包、じっくり煮込んだお粥などなど。

あと、食が細いことも改めて教えてもらった。

「後宮にいらした日、最初にお出しした料理は、三分の一しか手をつけておりませんでした。それからも日によって様子を見ながら、量を調節してお出ししていたのですが、それでもお残しになることがしばしばありまして」

「ほうほう」

あれやこれやと手を尽くし、料理を考えているという。

「あの、私、明日から数日間、瑞貴妃様の食事を担当することになりました。使っていい食材などを、教えていただきたいのですが」

「食品庫はこちらです」

タケノコに菜の花、キャベツにジャガイモなど、春の味覚がこれでもかと揃えられていた。食材を記憶し、金ちゃんとひーちゃんを回収してから帰宅した。

すぐに、金ちゃんから話を聞く。

「金ちゃん、瑞貴妃様はあやかしが取り憑いているわけじゃないよね？」

「ええ。そういう気配はしなかったわ」

ひとまず安堵する。以前の一件があったため女官から妊娠の可能性についても聞き出したが、そもそも秋宮に宦官はいない。瑞貴妃は宦官が嫌いなのだという。

「だから、瑠璃妃みたいに妊娠の疑いはないかな」

「あなたね、女官が嘘を言っていたらどうするの？」

「陶器達も瑞貴妃様は宦官が嫌いだと続けて言っていたから、まちがいないのかなと」

「なるほどね。だったら、信用していい情報かも」

「でしょう？」

ひとまず、あっさりした献立について考えをめぐらす。

「出汁はえびや干しシイタケにして、具もあっさり……」

蓬莱の料理はこってりしたものが主流だ。あっさり目の料理は少ない。なにを使えばいいのか、悩んでしまう。

「うーん、うーん……んん？」

考えているうちに、手元が見えなくなる。目をごしごしとこすったが、改善されない。どうしてなのかと考えた瞬間、目が悪いのではなく周囲が暗くなっているのだとわかった。いつの間にか夜になっていた。

「わ、大変!!」

慌てて庭に飛び出していく。洗濯物を回収したが、すでに湿気を含んでいた。

「うわー……」

落胆の声をあげていると、戸口が開く音がした。伊鞘さんが帰ってきたのだ。

湿った洗濯物を抱えたまま、玄関のほうへと駆けていく。

「伊鞘さん、おかえりなさい」

「桃香、ただいま帰った」

私が思いがけない方向から現れたので、目を丸くしていた。

「すみません、変な所から」

「気にするな」

続けて、夕食の支度が今からであるという件についても伝えた。

「ちょうどよかった。縁側に座って花見をしようと、屋台でいろいろ買ってきたのだ」

そう言って、手にしていた包みを掲げる。なんという偶然なのか。しかも、一緒にお花見をしようだなんて。

「紅禁城の桃の花が咲く広場は、大勢の人で埋め尽くされていた。騒いでいる者もいたので、風情もなにもあったものではない」

それならば、庭で桃の花を見るほうがいい。伊鞘さんはそう判断したのだという。

「では、お茶を準備しますね。あ、お酒がいいですか？」

「そうだな」

「では、少々冷えるので、熱燗にしますね」

足早に台所を目指し、熱燗の用意をする。金ちゃんの分は、ぬるいくらいの温度にしなければ。

縁側に敷物を広げると、伊鞘さんが買ってきてくれた料理を並べてくれる。〝胡椒餅《フージャオビン》〟に、〝香腸《シアンチヤン》〟、〝腐乳鶏《フールーヂイ》〟、〝白斬鶏《バイジヤンヂイ》〟、〝白糖饅頭《バイタンマントウ》〟と、種類も豊富に買ってきていた。

どれも、見覚えのある料理ばかりだ。おそらく、満腹食堂で出していた料理を屋台で売るために独自に改良したのだろう。まさか、蓬萊料理が王都で広がっているなんて。さすが、美食の街と言われるだけある。

「どうかしたのか？」

「いえ、なんでもありません。どれもおいしそうです」

「食べよう」

金ちゃんもやってきて、冷ました熱燗をチロチロ舐めている。紐で繋がれたひーちゃんも、期待の眼差しを向けていた。ひーちゃんが食べられそうなものといったら、白糖饅頭くらいか。これは、肉まんやあんまんの皮に使われるような、白くてふかふかした蒸し饅頭である。

「伊鞘さん、ひーちゃんに白糖饅頭をあげてもいいですか？」

「ひとつくらいならば、問題ないだろう」

「ありがとうございます」

喉に詰まらせたらいけないので、ひと口大にちぎって餌皿に入れておく。待てをした後に、ひーちゃんは白糖饅頭を食べ始めた。

「これでよしっと」

振り向いたら、もうひとり待てをしている人がいた。伊鞘さんである。先に食べずに、私が戻ってくるのを待っていたようだ。

「わー、すみません。食べましょう」

「そうだな」

なんて優しい人なのか。胸が切なくなってしまう。

「伊鞘さんのオススメはどれですか？」

「香腸だな」

香腸とは豚の腸に味付けしたひき肉を詰め、焼いたものである。

「ほかの店は甘い味付けがされているのだが、ここの香腸は香辛料のみを使っていてうまい。桃香の店でも、出していたな」

「そういえば、人気でした」

手間暇がかかるので大量には作れないが、お客さんには大好評だった。

一本一本丁寧に串打ちされた香腸にかぶりつく。

噛みついた瞬間、パキンと皮が裂けた。中から肉汁がじゅわーっと溢れ、ぷりんぷりんのひき肉が飛び出してきた。香辛料が効いていて、噛めば噛むほど味が出る。

「おいしいです!!」

正直に言えば、お肉を砂糖で味付けした香腸はちょっぴり苦手だった。この香腸は、塩、白胡椒、肉豆蔻《にくずく》、ニンニク、生姜などで味付けしているのでおいしい。

続いて、胡椒餅をいただく。これは、豚ひき肉にネギを交ぜたものを、生地で包んだものである。胡椒が利いていて、とってもおいしい。

次に、白斬鶏を食べる。これは、生姜と長ネギ、塩を入れた湯で鶏肉を湯がいたものに、柑橘で作ったタレを付けて食べる料理である。

「んー、鶏肉がしっとり茹であがっていて、おいしいです」

腐乳鶏は腐の漢字が入っているので、名前だけ聞いたらびっくりしてしまうだろう。

だが、腐っているわけではなく、豆腐乳に鶏肉を漬け込んで揚げるのでこのような名前なのだ。見た目は揚げ鶏だが、驚くほど鶏肉がやわらかい。

豆腐乳とは、豆腐を発酵させて作る調味料である。味は味噌っぽいといえばいいのか。粥に入れたり、汁物に使ったりと、使い方は多岐にわたる。

「味わいはジューシーだけれど、後味はあっさりしているので、こってりしたものが苦手な女性にも好まれるかもしれません」

ここで、ピンとくる。瑞貴妃の料理にも、豆腐乳を使えばいいのだ。

先ほど食べた白斬鶏もお肉を焼かずに茹で、柑橘系のタレにつけて食べるものなので味わいはあっさりだ。

伊鞘さんがいろいろと料理を買ってきてくれたおかげで、道が拓けた。

ついでに、伊鞘さんに瑞貴妃の様子について報告する。

「そうか。ほかの宮殿の妃と、異なる症状を訴えていたのだな」

「はい」

一番いいのは、実家で療養することだろうと私は続けた。しかし、皇帝陛下のお妃様として選ばれたのならば、きちんとお役目を果たさないといけないから地元に戻ることは難しいのではないか。

「――と、そんなわけで、瑞貴妃様の料理について考えていたら、夜になっていまして」

「うちでの食事作りは、桃香の仕事ではない。だから、気負わなくてもいい。もしも作る暇がないのであれば、この前のように屋台に夕食を食べにいけばいいだけだ」

あの日は楽しかったと、伊鞘さんは言ってくれる。その言葉に、救われるような気がした。同時に、伊鞘さんに対して、なにかしたいと強く思ってしまう。その熱い気持ちは、心の奥底から消えず、言葉となって出てきた。

「あの、伊鞘さん」

「なんだ？」

「このお役目が終わっても、おそばにいてもよいでしょうか？」

言い終えたあと、なんて大胆なことを言っているのかと恥ずかしくなった。

風になって消えてもいい。一秒でも長く、伊鞘さんと一緒にいたい。そう、望んでしまったのだ。

同時に、私は見習い仙女なのに、なにを言っているのかと。

顔が、今までになく熱い。

伊鞘さんの迷惑も考えずに、勝手なことを言ってしまった。

「やはり、これには縁結びの効果があるのだな」

伊鞘さんは目を逸らすと、そう呟き、帯にぶらさげていた飾り結いにそっと指先を伸ばす。直接触れられたわけではないのに、盛大に照れてしまう。

「ずっと、そうであったらいいなと、思っていた」

「へ？」

「食堂に通っていたころから、ずっと、想いを秘めていたのだが――気づいてはいなかったのだろうな」

「というと、えーっと」

つまり、伊鞘さんは私のことを、ずっと好きだったと？

信じられない。頭の中が大混乱である。

「ただ、桃香は見習い仙女なのだろう？　筋を通さなくて、いいのか？」

熱していた感情が、スーッと冷えていく。そうなのだ。私は、見習い仙女。伊鞘さんとは、生きる世界がちがう。

「それに、俺は呪いを受けている。長くは、生きない」

伊鞘さんの言葉が、胸にぐさりと突き刺さる。

もしも人間界に残ったとして、伊鞘さんが呪いで朽ちるのと、私が消えるのと、どちらが早いだろうか。

しかしそれでも、一緒にいたいという思いが勝っていた。

伊鞘さんの服の袖をぎゅっと握り、消え入りそうな声で問いかける。

「ご迷惑、でしょうか？」

そう口にした瞬間、伊鞘さんは私を引き寄せて、ぎゅっと抱きしめた。そして、耳元で囁く。

「迷惑なものか」

「よかっ……た」

どうやら私達の想いは、ひとつだったようだ。自然と、眦から涙が溢れる。ポロポロと泣いていたのだが、視界の端に金ちゃんがいるのに気づいてしまった。空を跳び越えて森羅万象を見ているような、そんな表情で私を見つめている。涙がピタリと止まった。

「ご、ごめんなさい。私ったら、感傷的になって」

「いや。こちらも遠慮するばかりで、はっきりと気持ちを告げていなかった。悪かった」

これからはお互いに遠慮せずに、思ったことはなんでも口に出そう。そんなことを誓い合う。

「伊鞘さん、呪いについて、調べてみませんか？」

提案した瞬間、伊鞘さんは眉間に皺を寄せる。

「過去に、陽家の者が呪術に詳しい陰陽師を呼び寄せて調べたのだが、なにも、わからなかった。解呪は不可能に近いだろうと言われている」

「諦めてはいけません」

お仕えしている薔薇仙女に、相談してみよう。伊鞘さんとのことも、おうかがいを立てたいし。

このままなにもせずに呪いを受け入れるなんて、あってはならない。できることを、したかった。

食後、部屋に戻ると、すぐに薔薇仙女に手紙を送る。

薔薇仙女のもとへ導いてくれるよう、庭に咲いていた春薔薇の花びらを貼り、風に流す。

手紙はふわり、ふわりと漂うように空に舞いあがり、飛んでいった。

これが、仙女との手紙のやりとりなのである。

どうか、色よい返事がもらえますように。そう、祈るほかなかった。


翌日——朝から豆腐乳を使った汁物を作って持っていった。

瑞貴妃はまだ布団の中だったが、問答無用で寝室を訪問する。

「おはようございます、瑞貴妃様。お約束どおり、料理を持ってまいりました」

しぶしぶといった様子で瑞貴妃は起きあがり、気だるそうな表情で私を見る。

「朝食は食べないって、言ったはずでしょう？」

「ええ。ですが、朝食は一日の活動の源となるものです。ひと口でも、召しあがっていただきたいな、と」

豆腐乳の汁物が入った陶器の深皿を、瑞貴妃へと差し出した。ふんわりと、豆腐乳のよい匂いが漂ってくる。

瑞貴妃はじっと豆腐乳の汁物を見つめ、ついには受け取った。木の匙で掬い、口に運ぶ。

「いかがでしょう？」

「べつに、大したことのない味」

そう発言したあと、陶器が喋る。「おいしかったんだね」と。

本心を聞き出し、ホッと胸を撫でおろした。

「では、ごゆっくり召しあがってくださいませ」

そう言って、部屋から出ていく。昼食の準備をするため、そのまま厨房に向かった。

しばらく経ったあと、女官が駆け込んでくる。

「桜先生!!　大変です!!」

「ど、どうかしましたか!?」

もしかして、豆腐乳の汁物を食べて具合でも悪くなったのだろうか。はらはらしつつ、話に耳を傾ける。

「瑞貴妃が、瑞貴妃が――朝食を完食なさいました！」

「ええー!!」

食の細い瑞貴妃が朝食を全部平らげてくれたなんて。

「こんなの、初めてです。桜先生、本当に、ありがとうございました！」

女官と手に手を取って、喜び合う。いつの間にか徳が高まっていたが、それを気にしない自分に気づいた。

人間界に残って、伊鞘さんと生きる覚悟が決まっているのだ。あとは、薔薇仙女がどういう反応をしてくるのか。

過去にも、人間界の男性に恋をして、仙女になる道を断って風になった者がいた――なんて話を昔、薔薇仙女から聞いたものだった。それに対して、薔薇仙女が個人的な感情を語ることはなかったが……。

「桜先生。いかがなさいましたか？」

「あ、いいえ、なんでもありません。えっと、昼食も、お気に召していただけるような料理を作りますね！」

「よろしくお願いいたします！」

そのまま秋宮に留まり、昼食は、タラの蒸し煮を作ってみた。これは、黒豆から作った調味料である〝蔭豆豉《インドウチー》〟を使って作るのだ。塩辛い蔭豆豉を使うことによって、タラの旨みが際立つ。

これも、瑞貴妃はお気に召してくれたようで、すべて食べてくれたという。料理を運んでくれた女官から、話を聞いてホッと胸を撫でおろす。

空になった陶器は、「とってもおいしかったみたい」と呟いていた。

その日、瑞貴妃は三食料理を完食してくれた。瑞貴妃が目に見えて元気になり、秋宮の雰囲気が明るくなったと、女官達が感謝の気持ちを伝えてくれる。

その無邪気に喜ぶ様子を見ていたら、私まで嬉しくなった。

最近、薬膳医という仕事にやりがいを感じる。今後できることなら、後宮でだけでなく、もしも困っている人がいたならば、街中でも薬膳医として助けの手を差し伸べられるようになりたい。

　ふと、そんなことを思った。

　帰宅すると、金ちゃんが尻尾で机に置かれた手紙をバシバシと叩いている。

「あなたのお師匠から、お手紙が届いているわよ」

「薔薇仙女から!?」

「驚いたわ。扉が突然開いたかと思えば、薔薇の花びらを含んだ風がどばーっと吹いてくるんですもの。目を開いた瞬間には花びらと風は消えていて、手紙だけが残っていたの」

「そ、そうだったんだ。受け取りありがとうね」

　ドキドキしながら手紙を開封する。便せんには、薔薇仙女の美しい文字が書かれていた。

「――……」

「桃香、なんて書いてあるの？」

「人間界に残る件については、保留とする、と」

「まあ、そうでしょうね。苦労して教育した弟子に、恋をしたから人間界に残るといきなり言われても、すぐに受け入れられるものではないから」

「そうだよね」

　薔薇仙女に対し、申し訳ない気持ちがこれでもかと募っていく。

　右も左も分からない私を拾い、育ててくれたのはほかでもない薔薇仙女だ。時に厳しく、時に優しく。蓬萊で立派な仙女になれるように、指導してくれた。

尊敬できるお師匠様であることは当然として、母であり姉であるような存在なのだ。

手紙を読んでいると、涙が溢れてくる。

どうか、不肖の弟子をお許しください。今は、それしか言えない。

「呪いについては？」

「えっと、解呪は、不可能に近い……と」

「そう」

ズンと、体が重たくなるような感覚に苛まれる。

基本的に、呪いというものは呪った本人にしか解けない。無理に解呪しようとしたら、同じ呪いが自身に降りかかってくるのだ。

わかっていたが、頼りの薔薇仙女から話を聞くと落ち込んでしまう。

呪いというのは、基本的に術者の命と繋がっているものである。術者の命が尽きれば、呪いもなくなる。

けれど、陽家の人々は代々呪いを受けてきたと言っていた。つまり、どこかの誰かが、同じように代々陽家を呪っていることになる。

なぜ、そこまでして呪うのか。それほどの恨みの原因はなんなのか。わからない。

物思いに耽っていたら、手からはらりと手紙を落としてしまう。

「あ、うわっ！」

慌てて手紙に手を伸ばしたら、裏に追伸があることに気づいた。

「追伸——呪いを具現化する薔薇の花びらを同封しておきます。旦那様に飲ませてみるとよいでしょう」

封筒を覗き込むと、桃色の薔薇の花びらが二枚入っていた。

「こ、これは！」

「どうしたの？」

「呪いを具現化させる花びらだって」

「ということは、具現化した呪いを伝っていけば、呪った相手がわかるというわけね」

さっそく、帰宅した伊鞘さんに薔薇仙女の花びらについて話した。

「なるほど……。呪いの具現化か」

今やってみたい衝動に駆られたが、夜はあやかしと出会ってしまうかもしれない。だから、今度ふたりが休みの日の昼間に試そうということになった。


待ちに待った休日。伊鞘さんは意を決して薔薇仙女から賜った薔薇の花びらを一枚、口に含む。

薔薇仙女の仙術が、発動された。

すると、伊鞘さんの胸囲を巻く糸のようなものが見えてきた。何周も何周も、首と心臓を圧迫するかのように巻きついている。どす黒い、不気味な色合いの糸だった。

「な、なんですか、これは……!?」

気味の悪い糸は、伊鞘さんだけでなく私の目にも見えている。もしかしたら、薔薇の花を飲んだ者本人と近くにいる者にも見えるような術式なのかもしれない。

そしてその糸の先は外に続いていた。これを辿ったら、伊鞘さんを呪った人物のもとへと着くのだろうか。

「伊鞘さん、行きましょう」

「ああ」

外に出ても糸の先は見えず、道の先まで伸びている。

もしかしたら遠い場所にいるかもしれない。そう思って、馬に跨がる。

馬を馬車に繋げる時間ももったいなく感じ、気が逸る。

「桃香、手を」

「え？　あ、はい」

どうやら、私も一緒に乗せてくれるらしい。うしろを追いかけようと思っていたと言うと、笑われてしまった。

貴重な笑顔だっただろうに、伊鞘さんの前に跨がったので全然見えなかった。

しかし、呪いが解けて私達の関係が未来へと繋がれば、笑顔なんて何回でも見られるだろう。

　黒い糸が繋がる先を、伊鞘さんとともに辿っていく。

　糸は紅禁城の外へと繋がっていた。門をくぐろうとしたそのとき――すっと糸が消えて見えなくなった。

「え!?」

　伊鞘さんも戸惑った表情を浮かべ、門を出てすぐに馬を止め、背後にある門を振り返る。龍の彫り物が、ギラギラと目を輝かせているように見えた。

「もしかして、門にある邪祓いの力で見えなくなったとか？」

「ありえるかもしれない」

　おそらく邪悪な存在が入ってこられないように、紅禁城には呪術を施してあるのだろう。

　薔薇の花びらの二枚目を飲むかと聞いたら、伊鞘さんは首を横に振る。

「今日は、もうやめておこう。また後日、調べたほうがいい。なんだか、胸騒ぎがする。こういう日は、へたに動かないほうがいい」

「そう、ですね。すみません、私が門の邪祓いに気づかないといけないのに」

「いや、邪祓いに関しては、俺も知っていた」

　気にするなと言われても、この世の深淵《しんえん》に届くのではと思うほどのため息が出てしまう。

「少し、寄り道する」

「どこに？」

「甘い物を食べて帰ろう」

しょんぼりしている私を、伊鞘さんは甘味屋さんに連れていってくれるという。途中で馬をおり、馬小屋に預けて目当てのお店を目指して歩く。

「あそこの、行列ができている店だが——」

どうするかと聞かれ、もちろん並ぶと頷いた。

皆が時間をかけて並びたいと思うほど、おいしいのだろう。絶対に食べて帰るという意気込みだ。

お店の回転率が高いのか、そこまで待たずに入店できた。このお店の名物は、白玉団子。

「汁とあんを選んで注文する」

「へえ」

あんの中身は、胡麻、あんこ、落花生、黒蜜。汁は、甘酒、豆花汁、黒ごま汁、黒糖生姜汁。

迷った挙げ句、黒蜜と黒ごま汁にした。伊鞘さんは、胡麻と甘酒を選んだようだ。

そこまで待たずに、運ばれてくる。私は真っ黒な黒ごま汁。伊鞘さんは真っ白な甘酒に丸い白玉が浮かんでいる。

「わー、おいしそう」

「冷めないうちに食べよう」

「はい」

ほかほかと湯気があがる汁から、白玉団子をレンゲで掬う。

口に含むとつるんとした食感があり、嚙むと極上のもちもち感。この白玉が、黒ごま汁の香ばしさを纏っているので、最高としか言いようがない。

行列ができるのも、納得のおいしさであった。

「桃香、うまいか？」

「はい！　とってもおいしいです！」

憂鬱だった気分は一気に晴れていく。

うまくいかなかったからといって、ウジウジしても仕方がない。それよりも、伊鞘さんと過ごせる今を大事にしたいと思った。やはり甘いものの効果は絶大だ。

それからというもの、私はほぼ毎日、秋宮に通っていた。

当初はツンツンしていた瑞貴妃であったが、最近は態度が軟化しつつある。

それでも、食の感想は真逆の内容を呟いていた。心の内も、陶器の声があるのでバレてしまうわけだが。

食事も三食完食し続け、六日後からは布団から出られるようになった。これは、最大の貢献だろう。もう少し体力がついたら、皇帝陛下のお渡りも受け入れられるかもしれない。

瑞貴妃の自室は、寝室同様布で覆われて薄暗かった。なんでも、昼夜問わず暗い部屋が落ち着くらしい。そのため、一度も明るい場所で瑞貴妃の顔を見たことがなかった。

よく見えなくとも、美貌だということだけははっきりわかるのだが。

今日の朝食は豚のあばら肉と大根を使った、あっさり風味の汁物を作った。きっと、瑞貴妃にもお気に召していただける。

そう思って運んだのに、瑞貴妃は受け取らない。機嫌が最大限に悪いようだった。なにを話しかけても、反応しないのだ。

「えーっと、では、ここに料理を置いておきますね。お好きな時間に、召しあがってください」

怒らせないように、じりじり後退しつつ部屋から出ていく。

女官に話を聞いたら、昨晩より喉の調子がよくないと、薬も苦いと言って、飲まなかったようだ。

喉が痛いのならば、温かい料理を食べるのも辛いだろう。

「だったら、喉にいい甘いおやつを作りますね」

こういうときこそ、薬膳医である私の出番だ。すぐさま、厨房へ急ぐ。

「杏仁《きようにん》霜《そう》はありますか？」

「はい、ございます」

「瑞貴妃様が喉が痛いというので、杏仁豆腐を作りたいのですが、いただいてもよいでしょうか？」

「はい。問題ありません。しかし、杏仁豆腐なんかが、喉にいいのですか？」

「そうなんですよ」

女官はありふれた食材が薬になるなんて、と驚いている様子だ。杏仁豆腐の材料である杏仁は、喉の症状を緩和させる生薬でもある。

「喉を潤す効果があり、苦しさを和らげてくれるのですよ」

「そうだったのですね」

杏仁豆腐は喉越しもなめらかだ。喉の負担にならないはず。

ちなみに杏仁霜とは、杏仁――杏の種子の中にある仁《さね》を取り出し、粉末状にしたものである。これがあれば、簡単に杏仁豆腐が作れるのだ。

腕をまくり、さっそく調理に取りかかる。

鍋に杏仁霜、片栗粉、顆粒糖を入れて、水を少量ずつ注ぎつつ火にかける。粉物が溶けたら、牛乳を注いでさらに加熱する。沸騰してきたら、へらでしっかり混ぜるのだ。

粘りが出てきたら、しっかり練るように混ぜる。焦げないように、注意が必要だ。

固まってきたら器に移し、保冷庫の中でしばし冷やす。完全に固まったら、蓬萊風もちもち杏仁豆腐の完成だ。

ちょうど朝食をさげにいった女官が戻ってきて、報告してくれる。瑞貴妃は、料理にまったく手を付けなかったと。

「やっぱり、そうだったのですね。この杏仁豆腐を食べてくれたらいいのですが」

先ほどは機嫌が悪く料理を受け入れてもらえなかった。そのため、私が直接持っていかずに瑞貴妃が心を許す女官に託した。彼女は眉尻をさげ、困ったような表情で去っていく。

あの様子だと、杏仁豆腐も食べてくれないかもしれない。

せっかく作ったので、女官らと分け合って食べてみる。

「まあ、私の知ってる杏仁豆腐とちがって、もちもちしていて、不思議な食感だわ！」

「でも、おいしい！」

そうなのだ。これが薔薇仙女もお気に入りの、もちもち食感の杏仁豆腐である。

本格的な杏仁豆腐は南杏仁と北杏仁の二種類を使って作るのだが、手間暇がかかって調理にも時間がいる。蓬萊風のもちもち食感の杏仁豆腐は手軽な調理工程で、おいしく仕あがるのが嬉しいひと品なのだ。

一時間後――瑞貴妃に杏仁豆腐を持っていった女官が戻ってくる。杏仁豆腐は、手が付けられていなかった。ガックリと落胆しつつも、瑞貴妃が心配になる。

最近は食欲があり、しっかり三食食べていたのに……。

「少し、容態を見にいってきますね」

「あの、やはり、私も見にいきましょうか？」

「いいえ、けっこうです！」

女官に強く止められたものの、見て見ぬ振りはできない。最終的には皇帝陛下の印籠を出して、瑞貴妃の寝室へ行かせてくれと頼み込んだ。

「あの、強く拒絶するようでしたら、一刻も早く瑞貴妃から離れたほうがいいかと」

「わかりました」

しぶしぶ承諾してくれたものの、どうやら本日は最高に、機嫌が悪いらしい。気をつけるように言われる。

蜂蜜と湯、それから陶器の茶飲みを持って、瑞貴妃のもとへと向かった。

喉が痛いというが、具体的にはどのような状態なのか。喉の痛みにも、いろいろ種類がある。蜂蜜で緩和されないものもあるだろう。蜂蜜湯を飲んでくれたら陶器が教えてくれるだろうが、機嫌が悪いとのことで茶飲みを握ってくれるかもわからない。

はてさてどうなるものか。

「瑞貴妃様、白湯と蜂蜜をお持ちしました。失礼します」

許可を取らず、問答無用で寝室に足を踏み入れる。皇帝陛下の命令でやってきているので、私にはその権限があるのだ。

相変わらず、昼間だというのに寝室は薄暗い。加えて今日は、灯籠の明かりも落とされていた。が、瑞貴妃は眠っているというわけでなく、寝台で上体を起こした姿でいた。

いきなり入ったからか、瑞貴妃はギョッとする。

「あの、蜂蜜湯を飲んでいただけませんか。喉の痛みを和らげる効果があるのですが」

瑞貴妃は私をジロリと睨みつけた。首をぶんぶん横に振り、拒絶する。

「少しだけでも、飲んだらちがうと思うのですが」

さらにぶんぶんと首を横に振られた。

喋るのも億劫なほど、喉が痛むのか。これは一回、本物の医者の診断を受けたほうがいい。私の料理ではなく、医者が処方する漢方のほうが効果があるに決まっている。

「あの、蜂蜜湯でお口をゆすぐだけでも、ちがうと思うのですが」

駄目元で言ってみるが、瑞貴妃は拳を床に叩きつけた。これ以上近づくなと言いたいのだろう。

蜂蜜湯を飲んでもらうのは諦め、医者を呼んでくると告げた。こちらを見た瑞貴妃に、違和感を覚える。

喉元に、突起があるように見えたのだ。

「瑞貴妃様、ちょっと、よろしいですか？」

虫刺されだとしたら、薬が必要になるだろう。それとも腫瘍……？　痒みはあるのか、痛みはあるのか。尋ねようと接近した瞬間、瑞貴妃は叫んだ。

「やめろ、近づくな！」

それは女性の声色ではなく、まるで変声期を迎えた少年の声色であった。

私はすぐに、喉の突起が喉仏であることに気づいた。

もしかして……瑞貴妃は女性ではなく、男性!?

改めて見ても、その美貌は女性そのものにしか見えない。

そもそも、ここは皇帝陛下の妃となる者が暮らす後宮である。そこに、男がいるわけがないし、いていいわけがない。

「瑞貴妃様……それは喉仏ですよね？」

「くそ！　忌々しい」

瑞貴妃はそう吐き捨てると、自らについて話し始める。

「皇帝の妃として選ばれたのは、私の姉だったのだ」

瑞貴妃のふたつ年上の姉は、美姫として名高い女性だった。皇帝陛下のお妃様に選ばれるのも当然、といった様子だったようだ。

しかし、輿入れ当日、事件が起きる。

「姉が、男と逃げた」

「まさか駆け落ちを？」

「ああ」

皇帝陛下のお妃様に選ばれるというのは、大変な名誉。しかし、瑞貴妃の姉はそれを蹴ってまで、愛に生きたのだ。

家名を汚すわけにはいかない。そう判断した当主は、とんでもない行動に出た。

姉とそっくりの美貌を持つ弟を姉の代わりに、後宮へと送り込んだのだという。

「病で伏せっているふりをしておけば、夜、皇帝陛下の相手をしなくて済む。粘っている間に、駆け落ちした姉を捜してくるからと父に言われて──」

しぶしぶ後宮にやってきた、というわけだったらしい。

小食だったのにも、理由があるという。

「後宮に来てから、背が伸びていたんだ。これ以上成長したら、身代わりは難しくなる。だから、あまり食事を摂らないようにしていたのに、お前がやってくるから、たくさん食べてしまった」

その結果、声変わりが始まってしまったと。

なんというか、気の毒としか言いようがない。身代わりを続けるために、食事を制限していたなんて。

しかしながらこの生活を長く続けていたら、精神にも悪影響を及ぼすだろう。

「あの、このままでは、よくないかと」

「わかっている!!」

怒鳴りつけるような声は、悲痛な叫びにも聞こえた。

「療養を理由に、一度、ご実家に戻られたほうがいいと思うのですが」

「うるさい！　命令するな!!」

今、なにか意見するのは、焼け石に水というものだろう。きゅっと、唇を噛みしめる。

「いいか？　他言したら、殺してやる！　覚えておけ！」

瑞貴妃は立ちあがり、力任せに私を部屋から追い出そうとする。ぐいぐいと腕を引かれる。と私を摑むその腕が扉に擦れて袖が捲れあがり、腕に火傷の痕ような傷が見えた。

「あの、瑞貴妃様、その傷は――!?」

「身代わりを拒否したら、やられたんだよ！」

「そ、そんな」

いったい誰に!?　詳しく話を聞こうと思ったが、鬼の形相で廊下に押し出されてしまった。ぴしゃりと、乱暴に戸も閉ざされてしまう。

これ以上、接触しないほうがいいだろう。機嫌の悪さもだが、恐ろしい秘密を知ってしまった。

いったいどうすればいいものか。皇帝陛下に報告したら、よくて一家凋落。悪ければ処刑だろう。

瑞貴妃は、単に巻き込まれただけに過ぎない。

どうすればいいのか。私ひとりでは、答えは出せなかった。


帰宅後、伊鞘さんに相談する。伊鞘さんは腕を組み、眉間に皺を寄せた状態のまま話を聞いていた。

瑞貴妃は後宮に行かないと抵抗した結果――おそらく身内から暴力を受けていた。無理矢理、従わざるをえない状況を作り出されていたのだ。

「瑞貴妃様に、皇帝陛下を騙す気持ちはないのだと思います」

「難しい状況だな」

「ええ」

ちなみに伊鞘さんによると、もしもバレたら一家凋落どころではないという。皇帝陛下への虚偽を働くことは、極刑に値すると。このままでは、瑞貴妃は殺されてしまう。

「伊鞘さん、どうしましょう」

ドキドキしながら、返事を待つ。だが、陽家は、忠実な皇帝陛下の僕《しもべ》だ。瑞貴妃側に立って、判断をしてくれるわけがない。そう思っていたが——。

「この一件は、保留としよう」

「いいの、ですか？」

「ああ」

瑞貴妃が実家へ療養と称してお妃様の座を退く覚悟があるのならば、街で匿ってくれる者を紹介するという。

「伊鞘さん、ありがとうございます!!」

嬉しさのあまり、思わず伊鞘さんに抱きついてしまった。

ぎゅっと抱き返されて、我に返る。

「あの、その、すみません！　いきなり、抱きついてしまって」

「よい。俺達は、夫婦ではないか」

耳元で、そう囁かれる。顔がじわじわと熱くなっていくのを感じていた。

それだけでは終わらず、伊鞘さんは私の首筋に顔を埋めていた。気のせいかもしれないが、なんだか匂いをくんくんかがれているような。

「ひゃっ！　ど、どうしたのですか？」

「猫吸いはよく理解できなかったが、桃香の匂いをかいでいると、落ち着くと思って」

「それ、絶対気のせいです！」

「気のせいではない。俺はこれまでになく、気持ちが落ち着いている」

「私は、ぜんぜん落ち着かないですよ――！」

視界の端に、金ちゃんが映った。助けてくれと目で訴えても、つんと顔を逸らし、どこかへ行ってしまった。

同時に、反省する。

――金ちゃん、いつもお腹を吸ってごめんなさい。こんなに恥ずかしいことだったなんて、知らなかったんだよ。

伊鞘さんはお疲れだったようで、気が済むまで私の匂いをかぎ続けた。

どうしてこうなったと、頭を抱えるほかない。

だが、伊鞘さんが元気になるのであれば、まあいいやと思ってしまった。

秋宮での問題も、こうしてなんとか解決となった。

私は台所に立ち、蓬莱風の杏仁豆腐を作る。

険しい表情でお妃様からの要望が書かれた巻物を眺める伊鞘さんに、持っていった。

「伊鞘さん、ひと休みしましょう」

「ああ、そうだな」

温かいお茶と、杏仁豆腐を囲んで休憩する。

「うまいな」

「はい」

こうしてのんびりとした昼さがりを、伊鞘さんとともに過ごしたのだった。

第四章 冬宮 カリカリジュワ、焼き餃子

あっという間に桃の花は散り、気温もぐっとあがる。汗ばむ陽気が、続いていた。

夜、リンリンという虫の鳴く声が聞こえてくると、夏がやってきたのだなと強く思う。

あれから、私はもう一度瑞貴妃と話をした。伊鞘さんの協力のもと、街で別人として暮らせるように手はずを整えると提案したのだ。

すると、彼女――ではなく彼は、ふたつ返事で頷いた。

瑞貴妃は体調不良を原因に、お妃様の座を辞退。地方で療養するという旨を、皇帝陛下のもとまで一緒に報告しにいった。

およそ一ヶ月ぶりの面会となる皇帝陛下は、話を聞くと、相も変わらぬ整った顔立ちのまま私達をしばらく見おろしていた。

もしも皇帝陛下が疑い、調査したら、陽家まで罰せられるだろう。ドキドキしながら、伊鞘さんと再度平伏した。

「ふむ、ご苦労だった。次は、冬宮の凜々妃を調べよ」

「はっ！」

やがてそう声が聞こえたので、私達はさらに深々と頭をさげ、皇帝陛下が立ち去るのを衣擦れの音で確認してから、その場で立ちあがる。

伊鞘さんの腕をぎゅっと抱き、宮殿をあとにした。

小走りで、馬車に乗り込む。座った瞬間、は――っと深いため息が出た。

ドキドキするあまり、口から心臓がまろびでるかと思った。

なんとか無事に終え、安堵する。

「そういえば伊鞘さん。瑞貴妃様の実家には、なにか報せを送ったのですか？」

「皇帝陛下に告げたのと同じように、地方で療養していると早馬で送った。その場しのぎだが、今はそうするほかない」

「ですよね」

ひとまず、明日からは冬宮に住まうお妃様、凜々妃の容態を調べにいかなくては。

三人のお妃様は残念ながら後宮を去るという結末になってしまった。

お妃様が抱える問題をすべて解決したら、再び後宮の妃を決める選抜が行われるだろう。

そうしたら国中は大騒ぎになるにちがいない。そうなれば、私はどうなるのだろうか？

もはや後宮で薬膳医をやる必要がなくなるため、伊鞘さんと一緒にいる理由もなくなる。

でも私達は本当の夫婦になったわけだし。

薔薇仙女は人間界へ残ることに対し、あれ以来なにも言ってこない。私の状況もまた、瑞貴妃同様に保留状態なのだ。恋をしたら風になるというが、いっこうにそうなる気配もなかった。

いったい、どういう方向に落ち着くのやら。まったく想像できなかった。

伊鞘さんの呪いについても、調査は進んでいない。一度、時間をしっかり取って調べたいところだけれど……。

このままではいけない。そう思いつつも、忙しい日々に追われて、問題について考える暇さえないのだ。

じわじわと、不安が募る。帰宅してすぐ、私はひーちゃんのもとへと走った。

「ひーちゃん、ただいま！　ちょっと吸わせて！」

太陽の光を浴びながら寝転がっていたひーちゃんの、お腹を吸う。

最近、金ちゃんに猫吸いをさせてくれと言いにくくなったので、代わりに犬吸いをしているのだ。

ふかふか、もふもふの体を吸うと、なんだか癒やされる。

ただ、ひーちゃんは外飼いの犬なので、金ちゃんのようにいい匂いがするわけではない。こう、なんというか、犬！　という感じの臭いだ。それでも、癒やされることに代わりはない。

「はー、ひーちゃん！」

「くうん」

ひーちゃんはまったく嫌がらず、私を受け入れてくれる。それどころか、尻尾をぶんぶん振っていた。

優しい子だと、しみじみ思ってしまった。

翌朝、左手にはひーちゃんの散歩紐、右手には金ちゃんを抱え、のっしのっしと歩いて冬宮を目指す。

冬宮は後宮街のもっとも奥にあった。たどりついた建物を見て、思わず「ほー！」と声をあげてしまった。

冬宮は屋根も壁も柱も、雪のように真っ白なのだ。真夏である今、その佇まいはどこか涼しげに見える。

「よし、行くぞ！」

気合いを入れて、冬宮へ挑んだ。が、右手に抱いていた金ちゃんが、するりと私の腕から抜けていく。

「金ちゃん、どうかしたの？」

「なんか、いやな感じがする。ここから先へは入りたくない」

「ええっ！　金ちゃんがそんなこと言ったら、私も怖くなるんですけれど」

「あなたは、大丈夫じゃないの？　たぶん」

「たぶんって!!」

詳しく話を聞こうと思ったら、金ちゃんは無情にもどこかへ走っていってしまった。

「金ちゃん、待って、金ちゃん！」

私の叫びは、金ちゃんに届かなかった。

ああ、無情。

ひーちゃんが心配そうに私の顔を見あげる。

「ううう」

その場に膝をつき、ひーちゃんをぎゅっと抱きしめた。ひーちゃんのハッハッハッという息づかいが、「頑張れ！」と応援してくれているようだった。

そんなひーちゃんに、家から持参した水を与える。早朝とはいえ、日差しが強い。少し歩いただけでも、喉が渇くだろう。

深呼吸で息を整え、冬宮を見る。

金ちゃんが逃げ出すほどの恐怖の正体とは、いったいなんなのか。ぞくっと、背筋が冷えたような気がした。

しかし、ずっとここにいるわけにはいかない。頰を叩き、気合いを入れた。

「今度こそ、いざ！」

入った瞬間、ヒヤリとした冷気を感じた。冬宮の内部は、冬のようにキンと冷えていて涼しい。いったいどうしてと辺りを見回すと、たらいの中に大きな氷がどん！　と鎮座していた。一カ所ではない。いたる場所に、氷塊が置かれていた。

この国で夏期に流通する氷は、冬の間に雪山などで採っておいたものを地下深く掘った氷室で保管していたものである。恐ろしく高価だ。そんな氷が惜しげもなく並べてあるなんて、お妃様の力を感じる。

冬宮の凜々妃は伊鞘さん情報によると氷のように冷静で、物事に動じず、皇帝陛下を前にしてもいっさい動じる様子がない、堂々とした人物らしい。

彼女こそ、正妃――皇后となる器である人物だとも巷では囁かれているようだ。

私を迎える女官達は、私語を禁じられているのか、なにを話しかけても、深く頭をさげるばかりであった。

「あのー、ひーちゃん……犬を、連れていってもいいですか？」

この質問にも、黙ってお辞儀をするばかりである。まあいい、ダメだったら、止められるだろう。

散歩紐を引き、ひーちゃんとともに冬宮の内部へ進む。

ひんやりしているからか、ひーちゃんは飛びはねるように歩いていた。私も過ごしやすい空間にるんるん気分になる。

しかし、凜々妃の寝室の前にたどりついた瞬間、なぜかぶるりと震えてしまった。まだ対面していないのに、圧のようなものを感じたのだ。

女官は内部にいる凜々妃に声をかける。

「凜々妃様、薬膳医の先生を、お連れしました」

「入れ」

少し掠れた、大人の女性の声が聞こえた。女官の手によって、戸が開かれる。

ここで、ひーちゃんの尻尾がぴたりと止まった。散歩紐を引いても、足を踏ん張っていてまったく動かない。仕方がないので、ひーちゃんはここに置いていく。

一礼してから、中へと入った。

凜々妃は部屋の中心に立ち、私を鋭い目でじっと見つめていた。

年のころは二十歳前後だろうか。キリリと吊りあがった目には、強い覇気がこもっている。きゅっと結ばれた唇は真っ赤な紅が塗られていて、それが酷く似合っていた。艶のある黒い髪は結いあげられ、鳳凰《ほうおう》があしらわれた黄金の王冠に、赤珊瑚の粒がちりばめられた髪飾りを身に着けている。蔦模様の入った深紅のお召し物に、金の帯を巻いた姿は神々しい。

ただそこに立っているだけで、ひれ伏したくなるような威厳があった。

目と目が合った瞬間、ぞくりと肌が粟立った。金ちゃんが恐れていたのは、確実に凜々妃だ。ただ目が合っただけなのに、震えあがってしまうなんて。

この迫力は、人ならざる存在《もの》のように思えてならない。

「わたくしめは、皇帝陛下の命により馳せ参じました薬膳医、桜桃香と申します」

「薬膳医、か。初めて聞くな」

「食事によって病をよい方向に導く、医者でございます」

「なるほど」

ほかのお妃様とちがい、凜々妃は着飾った姿でいる。パッと見は病人には見えない。しかし、青白い肌と、痩せ細った体は病人そのものである。唇も、紅を拭い取ったらすみれ色に染まっているにちがいない。部屋が寒すぎるので、そのようになっているのかもしれないが。そうであっても心配になる。

「して、その薬膳医とやらは、どのように診断するのだ？」

「まず、お茶を、ご一緒させてもらおうかな、と」

「茶だと？　奇妙な診察だ」

女官がお湯を用意してくれた。持参した陶器の茶器を、机に並べていく。

薬膳医の診療に興味があるのか。凜々妃は高みの見物とばかりに、じっと私の手元を見つめていた。茶葉を掬う匙を持つ手が、緊張でぶるぶると震えた。

なんとかお茶を淹れ、凜々妃に差し出す。茶飲みを手に取った瞬間、あろうことか陶器がガクブルと震え始める。小さな声で、「怖いよお」と呟いていた。

どくんと、胸が鼓動する。怖い、とはどういう意味なのか？

凜々妃がお茶を飲んだものの、陶器がそれ以上喋ることはなかった。

「どうだ、飲んだぞ。これで、なにがわかる？」

「あ――えっと、そうですね」

青白い肌に、ほんのりと赤みが差す。一応、体を温めることに成功したらしい。

凜々妃は血が通った人でまちがいないようだ。

血色が戻らないのであれば、もしかして人の姿に化けたあやかしかもと思ったものの、とんだ勘ちがいだった。

ただ、肌の紅潮さえも演出できるあやかしである可能性もある。ほかにも、私のように見習い仙女であるかもしれない。油断してはいけない。

残念ながら、同じ仙女であっても確かめる術はないのだ。

「体が冷えているようなので、部屋を氷で冷やすのは少し控えたほうがいいかな、と」

陶器が喋ってくれなかったので、私は当たり障りのないことを言うしかない。

「それだけか？」

「あとは、明日から食事療法を始めようと思います。体の中で、不調を感じる部位はありますでしょうか？」

「わからん」

「え？」

「具体的にわからないから、医者の診断を受けるのだろうが」

「ごもっともで」

ひとまず、体の倦怠感や頭痛、腹痛、肩こりなど、凜々妃を悩ませる症状について聞き出した。話し終わったあとは、ぐったり疲れてしまったようで力尽きるように寝台の枕に寄りかかる。

「では、また明日」

「ああ」

尊大な態度の凜々妃に頭をさげ、部屋から出る。扉の前で待機していたひーちゃんが「きゅうううー」と甘えた声をあげながら、すり寄ってきた。怖い思いをさせたお詫びに、頭を撫でておく。

厨房に立ち寄り、普段、凜々妃がどんな物を食べ、どんな料理を好むのか、もはやお決まりの質問を投げかける。

料理については、ほかの宮殿の妃達と変わらなかった。食べる量も、ごくごく普通である。小食でも大食でもない。

好き嫌いもないようで、なんでも食べるという。好んでいる料理や食材もとくにないようだ。

出された料理を残さず食べる。厨房で働く者達にとっては、嬉しい主君だろう。

変わった点といえば、朝食は汁物しか口にしないという点か。

だが、これに関しては、問題ない。

女性は低血圧の人が多く、朝食を食べられない人も多い。汁物だけでも、食べる意欲があるのはすばらしい。

ひとまず、明日から三日間、私が作った料理を三食食べてもらうよう話を付けた。

凜々妃の体を蝕む原因を、健康によい食事で追い出そうという魂胆だ。

今日のところは、いったん帰宅する。ひーちゃんとともに、炎天下を急ぎ足で帰った。

「おかえりなさい」

「金ちゃん……」

優雅な様子で机に寝転がる金ちゃんは、目を細めつつ尻尾をゆらゆら揺らしていた。どうやらとっくに帰宅していたらしい。優雅なものである。

「金ちゃん、凜々妃ってもしかして、人ならざる存在なの？」

「どうしてそう思ったの？」

「なんか、対面したらゾワゾワしたの。一刻も早く逃げ出したくなるような圧も、感じてしまったし」

「そう。実はワタシも、よくわからないの」

「金ちゃんでも、よくわからない存在がいるの？」

「ワタシはそこまで高位のあやかしじゃないのよ？　強いあやかしだったら、桃香みたいなへっぽこ見習い仙女なんかと契約するわけないじゃない」

「まあ、そうだよね」

同意すると、じろりと睨まれてしまう。

「自分で言うのはいいけれど、他人に言われるのはいやなの」

「そういうの、あるよね」

ひとまず、いやな気配を感じたので、逃げてきたという。あやかしである金ちゃんだけでなく、ひーちゃんも逃げ腰であった。見習い仙女である私も、逃げ出したくなるような御方である。

　凜々妃はいったい何者なのか。謎が深まる。

　料理も、どのような品目を用意しようか。悩みは尽きない。

「ねえ、金ちゃん。明日、一緒に冬宮に同行して。一生のお願い！」

「いやよ！」

「どうか、どうか、どうか――!!」

　土間に膝をつき、頭を垂れる。

「そういうの、やめてちょうだい！」

「なんでも作るから――！」

「なんでも作る？」

「はい、なんでも作ります――!!」

「だったら、久しぶりに焼き餃子が食べたいわ」

「焼き餃子!?」

　それを聞いた途端、顔が引きつってしまう。

「なんでも作るって言ったわよね？」

「言ったけれど、餃子は茹でるのが一番おいしいんだよ」

「それは好みの問題でしょう？　ワタシは、焼き餃子が食べたいの！」

この王都でも、蓬萊でも、基本的に餃子は茹でて食べる。

それなのに、金ちゃんは焼き餃子が大好物。猫舌なのに焼きたてアツアツを頰張り、涙を流しながら食べるのだ。

「焼き餃子じゃないと、一緒に冬宮に行ってあげない」

「うっ……。わかった。焼き餃子を作るから、明日、一緒に冬宮に行こうね」

「ええ。とびきりおいしい焼き餃子を作ってくれたらね」

よし。私は腕まくりし、気合いを入れてさっそく餃子作りに取りかかる。

焼き餃子は水餃子、蒸し餃子に次いで生まれたものである。蓬萊では〝鍋貼《グオテイエ》〟や〝煎餃《ジエンジヤオ》〟と呼ばれている。

水餃子を作りすぎてしまった翌日に、焼いて食べたのが始まりだ。

ちなみに、水餃子、蒸し餃子、焼き餃子は皮の作り方がそれぞれ異なる。今日は金ちゃんが大好きな、焼き餃子仕様の皮を作るのだ。

大きな器に小麦粉、塩、湯を注いでポロポロになるまで混ぜる。次に、冷水を加えてまとまるまでしっかり捏ねるのだ。これを、しばし休ませる。

その間に、中に包むあんを作ることにした。材料は豚肉、白菜、ネギ、生姜、ごま油など。まず、白菜をみじん切りにして、塩を振って揉み込んでおく。続いて、豚肉の塊を包丁で叩き、ひき肉状にする。脂身が多い部分と、そうでない部分の二種類を使う。肉塊をひき肉にする作業は、地味に大変だ。

豚ひき肉に塩、醬油、鶏ガラ湯を加えて粘りが出るまでしっかり混ぜる。これに、水分を絞った白菜、ネギ、生姜のみじん切りを加えるのだ。しっかり混ぜたら、豚肉あんの完成である。

休ませていた生地を分けて、めん棒で延ばす。

水餃子は皮に多少の厚みがあったほうがモチモチしていておいしくなるが、焼き餃子は皮のパリパリ感が命。なるべく、薄く延ばしておく。

完成した皮に、豚肉あんを包む。手のひらに皮を置いて、あんヘラを使って載せる。丁寧にひだを作って包み込む。その作業をひたすら繰り返した。

熱した平たい鍋にごま油を広げ、餃子を並べる。次に、小麦粉を溶いた水を上からかけるのだ。急いで蓋をして、蒸し焼きにする。水分がなくなったら、羽根付き焼き餃子の完成だ。

ヘラで剝ぐように餃子を掬い取る。表面はパリッパリに焼きあがっていた。

「金ちゃーん、餃子、できたよ」

「本当!?」

金ちゃんはこれまで見たこともないような、軽やかな足取りでやってきた。本当に、焼き餃子が好きなのだ。

食卓に置かれた焼き餃子を、金ちゃんはキラキラした瞳で見つめていた。

「これ、全部ワタシの餃子?」

「そうだよ。これを付けて、どうぞ、召しあがれ」

酢醬油にラー油を混ぜたものを、金ちゃんの前に差し出す。

金ちゃんは餃子のひだを銜え、酢醬油にちょこんと浸して食べた。

「はふ、はふ、はふ！」

金ちゃんの毛が逆立ち、尻尾もピーンと立った。焼きたてなので、熱いのだろう。

サッと、用意していた冷酒を差し出す。餃子を飲み込んだ金ちゃんは、すぐに冷酒をぐびっと飲んだ。

「は――――、最高!!　皮はパリッパリで、噛むとじゅわっと肉汁が出てくるの！」

「お口に合ったようで、なによりです」

「桃香！　あなたもひとつ食べてみなさいよ。絶品よ」

「そこまで言うのであれば、ひとつだけ」

餃子を箸で摘まんで、金ちゃんが使っていた酢醬油に浸し、パクリと頰張る。

私は猫舌ではないのだが、餃子の熱さに涙目になった。

「むむ――――っ!!」

皮はお煎餅のように香ばしく、噛むと皮が裂けて肉汁が溢れる。しっかり味付けした豚肉あんには、旨みがぎゅっと凝縮されていた。

ごくんと飲み込んだあと、金ちゃん用にと注いであった冷酒を一気に飲み干す。

「えっ、おいしい！」

金ちゃんは「ふふん」と微笑み、勝ち誇った顔で言った。

「焼き餃子、おいしいでしょう？」

「うん、おいしい……！」

たまに、薔薇仙女が焼き餃子を食べたいというので作っていたが、実は自分で食べたことはなかったのだ。水餃子が王道だと信じ、食わず嫌いをしていた。

「金ちゃんが好きだっていう理由が、わかった気がする」

「でしょう？」

その後、金ちゃんは上機嫌で焼き餃子を完食した。


夕食は残った豚肉あんを使って作った、〝紅油抄手《ホンヨウチヤオシヨウ》〟――ピリ辛汁なしワンタン。それから〝三杯鶏《サンベイヂィ》〟――鶏肉の醤油煮込み。〝燙青菜《タンチンツアイ》〟――青菜の炒め物。以上三品である。

伊鞘さんは今日はぐったりと疲れた様子で帰ってきた。

お妃様は凜々妃ひとりになったものの、四人分はあるのではないかと思うくらいの買い物を頼まれているらしい。今までは、ほかのお妃様がいるので、遠慮していたのだとか。

「先に、お風呂にします？　それとも、食事にします？」

「風呂を」

「では、火を入れますので、しばしお待ちください」

陽家のお風呂は、鋳鉄製の浴槽があり、そこに水を注いで、外に露出してあるかまどに火を点けて湯を沸かすのだ。

すでに薪は用意していたので、台所から持ってきた火を点す。筒でふうふうと息を吹きかけたら、火が大きくなっていった。しばらく、火の番を務める。

そろそろ温まったころだろうか。伊鞘さんに声をかけて、入ってもらう。お湯が熱かったら、水を入れて調節するのだ。

ざばりと、湯をかける音が聞こえた。壁一枚隔たった場所で、伊鞘さんが入浴をしている。そんなことを考えると、妙にドキドキしてしまった。

もう一度、湯を被っている水音を聞いてハッと我に返る。

「伊鞘さーん、お湯加減はいかがですか？」

「ちょうどいい」

「了解です」

伊鞘さんがお風呂に入っている間に、夕食を温めておく。

食卓に料理を並べていると、風呂あがりの伊鞘さんがやってきた。

食事をしつつ、一日の仕事の報告をしあった。

今日も、なかなか忙しい一日だったらしい。

お妃様が四人からひとりになったので、手も空くだろう。そう思っていたのに、と。

炎天下の中、王都の街を駆け回って品物を買い集めていたようだ。

「帰ってきた家に、灯りが点いていると酷く安堵する」

「よかったです。これからも、灯りを点し続けますね」

そんな言葉を返したら、伊鞘さんは嬉しそうに微笑んでいた。貴重な笑顔をいただき、思わず手を合わせて拝んでしまった。

「どうした?」

「あ、いいえ、なんでもないです」

まだ、薔薇仙女から許可がおりたわけではない。けれど、可能な限り伊鞘さんのそばにいたいと思った。

「凜々妃本人は、どうだった?」

「これまでのお妃様の中で、もっともお妃様らしいと思いました」

威厳があって堂々としていて、それでいて美しい。

四美人と呼ばれるお妃様に序列はないというが、凜々妃こそ後宮の頂点に君臨しているような女性に思えた。

「なんといいますか、お妃様の中で一番とっつきにくく、一緒の空間にいるだけで、ガタガタと震えてしまうような、恐ろしい御方でした」

「そうか」

陶器が震えていた件についても話した。

「こんなの、初めてでした」

知らず机の上で握った拳に、伊鞘さんは指先を重ねる。

「怖い思いをさせて、すまない。後宮に、俺がついていけたらよかったのだが」

男子禁制である後宮に、伊鞘さんは入れない。私が頑張るしかないのだ。

「後宮へ潜入する方法は、ないこともない」

「具体的に、どのような方法なのですか？」

黒装束をまとって闇に紛れて忍び込む伊鞘さんや、女装して女官に扮する伊鞘さんが思い浮かんだ。どちらも似合いそうだ。

「本物の宦官になることだ」

思いがけない方法に、口に含んだお茶を吹きだしそうになった。

「な、なにをおっしゃっているのですか！　宦官になるなんて」

宦官となるには、生殖器を切り落とす必要がある。後宮に入るために、そこまでするなんて。もちろん、大反対である。

「その作戦は、却下です！」

「しかし、桃香ひとりに苦労や怖い思いをさせるのは、心苦しい」

「そのために、伊鞘さんが宦官になったら、私はもっと心苦しくなります」

私の手に添えていた伊鞘さんの指先を、ぎゅっと握りしめて訴える。

「私は、人ではなく、見習い仙女です。これまで多くの魑魅魍魎と対峙したこともあります。それに比べたら、凜々妃様など――」

恐れる相手ではない。

そう言おうと思ったが、脳裏に浮かんだ凜々妃の姿は恐ろしかった。

だが、私が弱気でいたら、伊鞘さんが心配してしまうだろう。

「と、とにかく！　後宮内のことは、どうか私にお任せください！　伊鞘さんのために、頑張りますので！」

「俺のために？」

「はい！」

それから、呪いの解呪に関しても諦めていないことを、熱く訴えた。

薔薇仙女から賜った呪いを具現化する花びらも、もう一枚残っている。解ける可能性は、ゼロではない。

「一緒に、頑張りましょう」

伊鞘さんは淡く微笑み、頷いてくれた。

視界の端で金ちゃんが「はー、やれやれ」みたいな表情でいるけれど、今日は気にならなかった。

翌日——金ちゃんとともに冬宮を目指す。

「あー、本当にいやな感じなのよねえ、あそこ」

「金ちゃん、ごめんね」

「まあ、焼き餃子を食べた分は、働くけれど」

「よろしくお願いいたします」

昨日同様に、純白の宮殿へとたどりつく。中に入ろうとした金ちゃんだったが、扉の前でぴたりと動きを止めた。

「あ、やっぱり、中に入るのは難しい？」

「ええ。というか、ここ、あやかし避けの結界が展開されているわ」

「あ、そうだったんだ」

まったく気づかなかった。

「やだ。注意深く確認しないと、わからない結界じゃない。桃香みたいなぼんやりさんが、気づくわけがないわ」

「うっ……！　そ、そうだね」

もしも知らずに入ったら、金ちゃんの体は八つ裂きにされるような、強力な結界だったらしい。

「危なかったわ。どうりでいやな感じがするわけよ」

「だ、大丈夫？　気分悪くなっていない？」

「なんとか。ここの主は只者ではないようだから、せいぜい気を付けることね」

「わ、わかった」

危うく、金ちゃんを危険な目に遭わせるところだった。胸が、バクバクと鳴っている。

「でも、どうして強力な結界がここにあるの？」

「夏宮で起きた妖狐憑きの騒動があったからじゃない？」

「あ、そんなこともあったね」

なんだか、遠い日の記憶のように思える。今日までいろいろあった。本当に、いろいろ。

「えーっと、じゃあ、金ちゃんとはここでお別れだね」

「ええ、そうね」

金ちゃんは言う。もしもなにかあったときは、諦めろ、と。

「私を呼んで、とか言ってくれるわけじゃないんだ」

「当たり前じゃない。ワタシ、冬宮に入ったら、死ぬわよ」

「金ちゃんだったら、結界も跳ね返して颯爽と私を助けてくれるかと思ったのに」

「言ったでしょう？　ワタシはそこまで高位のあやかしではない、と。じゃあ、頑張ってね。ワタシはおうちに戻ってるわ」

健闘を祈る。そんな言葉で、金ちゃんは私を見送ってくれた。

早く朝食を作らないと、約束の時間に遅れてしまう。

冬宮の厨房に通してもらうと、腕まくりをして調理を開始した。

「さて、と」

凜々妃は朝食には、汁物しか口にしないと聞いていた。そのため、元気になれるとっておきの一汁を作ろうと意気込む。

選んだ食材は、トウモロコシとインゲン。

トウモロコシは夏の疲れを回復させてくれる効果が期待できる。利尿効果もあるので、悪いものを外に、外にと排出してくれるのだ。おまけに、お腹の張りも取ってくれる。女性の味方のような野菜なのだ。

インゲンは消化を助け、体のむくみを緩和してくれる。また、お腹の調子も整える。

まずは、底が深い鍋に鶏ガラを入れて、サッと茹でる。すぐに湯からあげて、臭みのもととなる血合いなどを洗い流すのだ。茹でた湯も捨てる。

再び鍋に鶏ガラと水を入れ、長ネギ、生姜、ニンニク、酒を加えたものをぐつぐつ煮込むのだ。

アクが浮かんできたら丁寧に取り除き、しばらく煮込んで濾《こ》したら、鶏ガラ汁の完成である。

これに、粒を切り落としたトウモロコシを加え、さらに細切りにしたインゲンを入れる。小麦粉を紹興酒で溶いたものでとろみをだし、最後に溶き卵をゆっくり回し入れて蓋をする。溶き卵がふんわりしたら、トウモロコシとインゲンのとろみ汁の完成だ。

凛々妃専用の蓋付きの汁物陶器を摑んだら、「ひえええっ」と陶器が悲鳴をあげていた。

そんなに凛々妃のもとへ届けられるのが恐ろしいのか。いや、気持ちはわからなくもないが。

あつあつの汁を注ぎ、蓋をする。

「よし、できた」

ドキドキしながら、凛々妃のもとへ運んだ。陶器も緊張しているようで、「はぁ……」とため息をついている。

陶器の物憂げな吐息なんて、初めて聞いた。それほど、威圧感のある御方なのだ。

ついに、凛々妃の部屋へとたどりついてしまった。深呼吸したのちに、声をかける。

「おはようございます。薬膳医の桜桃香です。朝食を、持ってまいりました」

「入れ」

手が塞がっているため女官が戸を開いてくれた。本日は青い繻子の生地に、優美な蓮が刺繡された衣装をまとっていた。頭上で輝く冠は、金で孔雀を模ったような派手な作りである。目元には朱が差されていて、美しいが……なんというか、昨日よりも強そうに見えた。そんな凜々妃は、寝椅子に優雅な姿勢で腰かけていた。

「あの、朝食を――」

「あの猫は、お前の使い魔か?」

「はい?」

「金色の、邪悪な猫だ」

凜々妃はツカツカと接近し、圧のある視線で私を見おろす。

金色の邪悪な猫とは、金ちゃんのことだろう。まちがいない。

金ちゃんは冬宮の結界に触れていない。それなのに、気づいたようだ。

気づけば体がガタガタと震えていた。私だけではない。陶器も震えているので、余計にガチャガチャと音を鳴らす。

ひとまず、落ち着かなくては。床に片膝をつき、陶器が載った盆を置く。

頭を垂れようとした瞬間、首を掴まれた。

「質問に、答えろ!」

「う……ぐぅ」

首が絞まり、眦から涙が溢れてくる。凜々妃は親の敵を見るような目で、私を睨みつけていた。

「皇帝の手先なのか!?」

「ううっ……!」

手先!?　どういう意味だろうか。

皇帝の命令でここに来た、というのは説明している。手先といえば、手先だ。だが、そう答えたら凜々妃は私の首を折ってしまいそうだった。

さすがの見習い仙女でも、首の骨を折られたら死んでしまう。

「ひっ……うう……」

「ああ、首が絞まっては、喋られぬか」

凜々妃は私の首を掴んだまま、床へ叩きつける。

「ひぶっ！」

私は妙な悲鳴をあげ、倒れ込んだ。それだけでは終わらず、凜々妃は私の心臓がある部分を、足で踏んできた。

「あうっ！」

「正直に、答えろ。お前は、皇帝の命令で、私を殺しにきたのか？」

「こ、殺し!?」

凜々妃を殺しにやってきたわけではない。むしろ、私のほうが殺されてしまいそうだ。

「あの、あの、たしかに私は、皇帝陛下の命令でやってきました！　し、しかしながら、凜々妃様の命を狙っているわけではありません。本当です！　むしろ、元気になってもらおうと、おいしい料理を作ってきましたのに……！」

なぜ、凜々妃に胸を踏みつけられ、絶体絶命状態になっているのか。誰か、理由を教えてほしい。切実に思った。

「嘘を、ついているようには見えないな」

「本当です」

「ならばなぜ、あやかしを従えていた？」

「あの子は、お友達みたいなものなんです」

「友達だと？　あやかしが、か？」

「はい」

「バカな！」

胸を踏みつける力が、強くなった。苦しくなって、呼吸もままならなくなる。息を吸い込もうとしたら、ゲホゲホと咳き込んで余計に苦しくなった。

このままでは、本当に殺されてしまう。危険な存在ではないと、訴えなければ。

「あの、彼女は、人間界にやってきて、右も左もわからない私に、猫の手を貸してくれたんです！」

「人間界だと？　お前は、どこからやってきたのだ？」

「蓬萊です」

凜々妃は目を見開き、信じがたいという視線を私に向けた。

「お前、仙女なのか？」

「み、見習い、ですが。あの、陶器の声が聞こえるだけの、害にならない存在です。ちなみに陶器は、凜々妃様を恐れています」

能力はペラペラと喋っていいものではない。しかし、只者ではない凜々妃に対して、この場を乗り切るような腹芸など通用するわけがなかった。

「なるほど。やたら、私の手からすべり落ちて割れると思っていたが、恐れているとはな」

なんと凜々妃を恐れるあまり、投身自殺をしていたなんて……！

陶器達が気の毒になってしまった。

「あの、信じて、いただけますか？」

上目遣いで問いかけると、凜々妃は踏みつけていた足を退《ど》かしてくれた。

「たしかに、お前は不思議な存在だ。私は瞳に、ある呪術をかけている。それは、相手を従順にさせるものだ。それが、まったく効かなかった」

「そ、そんな呪術をかけていらっしゃったのですね……」

人間が扱う呪術の類いは、私達にはいっさい効果はない。蓬萊に住む仙女達は、人の形をしているものの、正確に言えば人ではないのだから。

「しかしなぜ、仙女がこんな場所にいる？」

「話せば長くなるのですが」

「三十文字以内にまとめて話せ」

「そ、そんな！」

なるべく手短に、事の次第を語る。どうやら、凜々妃は私の言い分を信じてくれるようだ。それどころか、凜々妃が何者であるかというのも、教えてくれた。

「私は陰陽師だ」

凜々妃の正体を耳にした瞬間、鳥肌が立つ。やはり、只者ではなかったのだ。

そういえば、以前伊鞘さんが凜々妃に頼まれて鶏の血を届けたという。血なんてどんな料理に使うのかと疑問だったが、陰陽師が取り寄せたとあればいろいろと想像できる。

「あの、もしかして鶏の血は、呪術を使うために取り寄せたのですか？」

「そうだが」

「で、では、あの見事な結界は、凜々妃様が張ったものなのですね？」

「まあな」

陰陽師である凜々妃が、なぜ後宮にいるのか。

なにやら、皇帝と敵対しているような口ぶりであったが……。

「さて。手の内を明かしたからには、私の味方となってもらうぞ」

「え!?」

「なんだ？　敵対したいのか？　この、私と」

「いいえ！　敵対したくありません！　仲良くしたいです！」

「よかろう」

許可がおりて、ホッと胸を撫でおろす。いや、味方となってよかったのか。いまだ、床に転がる私に手も貸さないような御方と。

ちなみに、ここで働く女官達は、当然凜々妃の味方らしい。

「いつまで無様に寝転がっている。起きろ」

「は、はあ」

凜々妃は作ってきた料理を寄越すように言った。

直接渡そうとすると、陶器が「ヒイ！」と悲鳴をあげ、ガタガタと震える。そんなに怖いのか。

手渡しはやめて机の上に置くと、れんげを使い、とろみ汁を優雅に召しあがっていた。

表情の変化はとくにないものの、食べ続けている。ホッと胸を撫でおろした。

ひとまず、部屋から出よう。気配を消し、一歩、一歩とさがっていたら呼びとめられる。

「おい、話は終わっていないぞ。そこで待て」

「か、かしこまりました」

凜々妃が完食するまで、私はガクブルと震えながら待機することとなった。

陶器も同じように緊張しているのだろう。まったく喋ってはくれない。

「まあまあだったな」

「はい、なによりでございます」

最後まで、陶器はだんまりだった。

続いて、凜々妃は命じる。棚にある長方形の木箱を持ってくるようにと。

中には、なにが入っているのか。少し揺らしてみると、コツコツと音が鳴る。

「開けてみるがいい」

言われたとおり蓋を開いたら――ふたつ並んだ頭蓋骨が、ひょっこり顔を覗かせた。

「ひぎゃあ――――っ！」

「うるさい」

危うく放り出しそうになったが、凜々妃の私物だと思い出し、素早く机に置いた。

「な、ななな、なんですか、これは!?」

「処刑された瑠璃妃と、その愛人の頭蓋骨だ」

「なっ、なっ、ななっ……！」

驚きすぎて、声にならない。

「瑠璃妃は、こ、殺された、の、ですか？」

「みたいだな」

「そんな……！」

国外追放と聞いて安心していたのに、まさか処刑されていたなんて。

それはそうと、どうして凜々妃が瑠璃妃と宦官の頭蓋骨を所有しているのか。

「私は彼らに、話を聞いたのだ」

「は、話、ですか？」

「ああ。どうやって、朽ちたのかを、死した頭蓋骨《かれら》に聞いた」

凜々妃は懐から出した呪術が書かれた紙を広げ、瑠璃妃と宦官の頭蓋骨を並べる。

ぽっかりくり抜かれたような暗い眼窩《がんか》から、粉末状のなにかをサラサラと入れていく。最後に紙縒《こよ》りの先端に火を点し、目のくぼみに落とした。

頭蓋骨の中で、ボッと音を立てて灯る。頭蓋骨がまるで生きているかのように、瞳に火が宿った。

歯が、カタカタと音を鳴らす。ヒューヒューと、息づかいも聞こえてくるような気がした。まさか、頭蓋骨が喋り始めるというのか。声帯もないというのに。

「ワ、ワタシハ、ノマレタ。黒イ、黒イ、邪ナ、龍ニ……！」

ゾッとする。カタコトではあるものの、たしかに瑠璃妃の声だったから。

「生キタママ、喰ワレタ……！」

こちらは男性の声である。瑠璃妃に仕えていた、宦官のものだろう。

「瑠璃妃と宦官は、処刑されたのではないのですか？」

「残念ながら、正しいやり方で殺されなかったようだな」

「どういうことですか？」

「彼らは、長きにわたってこの国に寄生する、悪しき邪龍に喰われてしまったようだ」

「悪しき、邪龍!?」

「そうだ。この帝国は、何百年にもわたって、人の皮を被った邪龍が治めてきたのだ！」

「というと、皇帝陛下が、邪龍……ということになるのですか？」

凜々妃ははっきり「そうだ」と返す。

まさか、そんな――！

皇帝陛下は悪政を敷いた暴君から国を救った英雄であり、邪龍であるはずがない。そう訴えても、凜々妃は首を横に振った。

「暴君であった先王も、賢君と呼ばれる現王も、同じ邪龍だ」

「なっ!?」

邪龍は喰らった者に転ずる能力があるらしい。

現在の皇帝陛下は、先王を殺しにやってきた英雄を喰らい、その皮を被って存在しているだけにすぎないと。

「なぜ、邪龍は暴君だったり、賢帝だったりするのですか？」

「人を効率よく喰らうためだろう」

暴君時代に多くの人を食べ、賢帝時代に人口を増やす。その繰り返しだったという。

邪龍に統治されていた国家だったなんて。ゾッとしてしまう。

「我が家ははるか昔より皇家に名を連ねる一族だった。しかしある日、男児が生まれない呪いをかけられてしまったのだ」

「呪い!?」

私の脳裏に伊鞘さんの顔が浮かぶ。

「悪しき邪龍の首を討ち取ろうとしたが、女ばかりではそれも叶わず……！」

抵抗の手段として、凜々妃の一族は陰陽術を身に付け、反撃の機会を虎視眈々と狙っていたらしい。

「祖先達は、呪いのせいで、さんざんだったと聞く」

「男児が生まれない、呪い、ですか」

凜々妃の呪いは、陽家の呪いと酷似していた。もしかしてと思い、質問を投げかける。

「あの、私の夫の一族も、男性に限り、三十歳まで生きられないという呪いにかかっているんです！」

「夫？　どこの家の者だ？」

「陽家です」

「陽家だと!?」

凜々妃は私の肩をガッと摑み、目を極限まで広げて迫る。

「どこに、陽家の生き残りなんかがいるんだ!?」

「あの、後宮の近くに、家を与えられております。普段は、御用聞きをしているのですが……」

「なんだと!?　そんな近くにいたのか!?」

伊鞘さんは男性なので、後宮に入ってこられない。お妃様の必要な品を伝えるのは、宦官となる。そのため、接点がなかったようだ。

「あの、陽家をご存じなのですか？」

「知っているもなにも、陽家は皇家の核たる一族だ！」

「え……ええ!?」

言葉を失う。本当は皇族だった陽家がその立場から降ろされ、邪龍が玉座についていたなんて。ありえない話だ。

「しかし、夫は、そのような話は一度もしていなかったのですが」

「邪龍が、陽家が皇族であったという記憶を、消したのだろう。趣味の悪い話だ」

一度にたくさんの情報が入ってきて、混乱状態となる。

だが、ひとつだけわかったことは、皇帝を倒したら伊鞘さんの呪いが解けるだろうということ。

凜々妃は私の頭をガッと摑み、近くに引き寄せる。

「実はな、ここの宦官どもや、皇帝に反感を抱いている者達を集めて、軍隊を作っているのだ。しかし今ひとつ、統率に欠けているんだが」

「は、はあ」

両手で圧迫するように他人の頭を摑みながら話をするなんて、とんでもない御方である。文句を言ったら恐ろしいので、しばし「自分はスイカである」と言い聞かせ、耐える。

「そこで提案なんだが、お前の夫を、軍隊の隊長にしたい。どうか、話をしてくれないだろうか?」

「夫を、巻き込むのですか?」

「関係ない話でもないだろうが」

「それは、そうですが」

もしも失敗したら、打ち首にされて街の広場に晒されてしまうだろう。それを考えると、ぶるりと体が震えた。

「夫の死を、看取るつもりだったのか？」

「い、いいえ。叶うならば、解呪を、したいと」

「ならば、皇帝を、邪龍を倒せばいい。それだけで、未来が切り開かれる。どうするか判断するのはお前ではない。夫だ」

それもそうだ。納得したのと同時に、凜々妃の手は離された。

「今日はさっさと帰って、夫とやらに話をしてこい。私の病気のことは気にするでない、仮病だからな」

「でしょうね……」

「なにか言ったか？」

「いいえ、なんにも」

凜々妃は打倒皇帝のために、さまざまなものを極めてきたようだ。

美しいのはもちろんのこと。

琴棋書画《きんきしょが》――琴と碁、書と絵などの四芸に加え、舞と武、陰陽術と、さまざまな技能を磨いてきたらしい。

お妃様を決める選考会――一秀選女《いっしゅうせんじょ》でも、一番の成績で勝ち残ったのだとか。

目つきからしてほかのお妃様と異なる。ギラギラしていた。ひと目で、ただ者ではないことがわかる。

やはり、凜々妃は恐ろしい。本人にはとても言えないけれど。

「それにしても、あの御用聞きが陽家の者だったとはな」

忌々しい、と凜々妃は伊鞘さんを知っているような口ぶりで呟く。

「あの、夫となにかあったのでしょうか？」

「以前、後宮から金品を持ち出し、換金していたのだが、御用聞きの男が気づいて、皇帝に密告したのだ。部下の爺が拘束され、軍資金の調達も一時滞ってしまった」

思わず声をあげそうになったが、寸前で飲み込む。

後宮から金品を持ち出すお爺さんに、心当たりがありすぎた。あの、私に珊瑚の髪飾りを手渡そうとした人だろう。

あの怪しいお爺さんは、凜々妃の命令で後宮にある品物を盗んでいたというわけだった。

「凜々妃が頼む品がとくに多かったと聞いておりましたが」

「すべて軍資金にするために、わざと頼んでいたのに」

ちなみに、お爺さんはすぐに拘束されたようだが、半月後には脱獄していたらしい。今は街中に潜伏しているという。

「今は別の者が代わりに、順調に金品を持ち出している」

「そ、そうでしたか」

なんだか申し訳ない……と思ったが、別の人に代わっているというのでよかった。

いや、よかったのか？

首を傾げつつも、今日のところは冬宮からお暇させてもらった。


帰宅すると、金ちゃんが出迎えてくれた。

「桃香、生きていたわね」

「な、なんとか」

今日は伊鞘さんもすでに帰宅している。お早い帰りだ。

「これから、皇帝のもとに行くそうよ」

皇帝と聞き、胸がどくんと跳ねる。伊鞘さんのもとに行き、思わず抱きついてしまった。

「桃香、どうした!?」

「皇帝陛下のもとに、行かないでください！」

伊鞘さんはぎょっとしていた。自分でも、とんでもない発言をしていると思っている。

けれど、凜々妃の話を聞いてからというもの、皇帝陛下が恐ろしくてたまらない。

伊鞘さんは私を優しく抱き返し、どうしたのかと耳元で囁く。

「実は――」

凛々妃から聞いたことを、すべて伊鞘さんに話した。話している間、ずっと伊鞘さんの眉間に皺が寄り、信じがたいという言葉を繰り返す。それも無理はないだろう。忠誠を誓っていた相手が本当の皇帝ではなく、皇帝の皮を被った邪龍だったなんて。

「凛々妃の実家は、なんといったか？」

「玉家《ぎょく》です」

「外にある物置に家系図がある。探してみよう」

「ええ」

庭にある物置の中を、伊鞘さんとふたりで探る。埃を被りながら探した結果、およそ一時間半後に家系図が書かれた巻物を発見した。

すぐに広げ、調べてみる。すると陽家の家系図の中に、玉家も存在していた。

「玉家が傍系ならば、陽家は直系ということになる」

「凛々妃様も、そのようにおっしゃっておりました」

「そうか」

ちなみに、現在即位している皇帝秦龍月も、皇族の傍系らしい。伊鞘さんにとっては、遠い親戚となるようだ。

伊鞘さんの横顔をちらりと見た。まだ、完全に信じているわけではないのだろう。

「今から皇帝陛下の前で、薔薇仙女の花びらを、使ってこようと思う」

「あ――!」

もしも、呪いの糸が皇帝陛下に繋がっていたら、信じるほかないだろう。

幸い、花びらを飲んで呪いが目に見えるのは、私と伊鞘さんだけ。

試す価値はおおいにある。

すぐに戻ってくる。伊鞘さんはそう言って、皇帝の呼び出しに応えるために出かけていった。


落ち着かない気持ちで、伊鞘さんの帰りを待つ。彼が帰宅したのは、夕暮れ時であった。

「伊鞘さん、どうでしたか!?」

「呪いの糸は、皇帝に、繋がっていた」

伊鞘さんは淡々と、見てきたことを述べたのだった。

終章 ◈ 戦いは計画的に

皇帝の正体は、皇族を呪う悪しき邪龍だった。

皇族を呪い、自らが玉座に着くという邪悪な存在だったのだ。

その目的は、効率的に人を喰らうためだという。なんて恐ろしいことを考えているのか。

伊鞘さんは落胆の気持ちが大きく、事実だとわかっていながらも皇帝を疑うことを受け入れられないような状態であった。

しかし、落ち込んでもいられない。呪いは、刻々と伊鞘さんの命を蝕んでいるのだから。

一週間も経たないうちに伊鞘さんと凜々妃は顔を合わせる。なんと、凜々妃が後宮から自由に外へ行き来できるよう女官に扮し、我が家にやってきたのだ。

伊鞘さんをひと目見た凜々妃は、目を細めながら言った。

「お前が陽家の生き残りか。いい男ではないか」

その言葉に、頷いてしまう。伊鞘さんほど顔立ちの整った男性は、皇帝以外ではこの世界に存在しないだろう。

美貌もさることながら、心が美しく、正義感も強くて、人間の中でも稀なる輝宝でもあるのだ。

なんてことを、自慢げに思っていたら、ふと気づく。

凜々妃と並ぶ伊鞘さんが、美男美女でお似合いだということに。

もしかしたら、皇帝を倒したあと、ふたりは結婚するかもしれない。皇族同士だし、反対する者もいないだろう。

そんなことを考えていたら、胸がじくじく痛んでしまう。

もとより、私と伊鞘さんは住む世界がちがう。それに、皇家の血を引く凜々妃と伊鞘さんが結婚したら、なにもかも丸く収まる。

好きという気持ちだけでは、ままならないこともある。私の存在が、伊鞘さんの輝かしい人生を邪魔してはいけないのだ。

それに、私はまだ薔薇仙女に恩返しができていない。

恋という感情に溺れ、受けた恩をすっかり忘れていた。仙女になるために努力してきたのに、それを放り出すのはよくない。

伊鞘さんは私と別れて、凜々妃と結婚するほうが収まりがいいのではないか。そんなことを、考えてしまう。

ズキン、と心が痛んだ。

ひとり傷つく私を余所に、凜々妃と伊鞘さんは打倒皇帝についての話を着々と進めていった。

凜々妃は伊鞘さんに、軍隊の隊長をしてくれないかと頼む。伊鞘さんはふたつ返事で、その打診を受けたのだった。

打倒皇帝作戦が秘密裏に進められていく。

作戦実行日については、占星術で快晴の日を占って決めたようだ。

なんでも、凜々妃は炎の呪術の使い手で、晴れた日は威力が倍になるらしい。

「決行は一ヶ月後だ。それまでに、準備を怠らないように」

凜々妃の言葉に、私と伊鞘さんは深々と頷く。


計画は、着々と進められていった。

私はといえば、凜々妃と伊鞘さんが話し合う様子を、そばで見守っているばかり。

ここまでくれば、私ができることはない。

ふたりが元気に作戦を実行できるよう、食事を用意するだけ。

そんな中で、女官達の噂話を立ち聞きしてしまった。

なんでも打倒皇帝に手を貸す宦官が、凜々妃と伊鞘さんを結婚させようと目論んでいるらしいと。

ついにきたか、という気持ちになる。

伊鞘さんは既婚者だが、私との結婚をなかったことにするのは簡単なことらしい。

話を耳にした瞬間、目眩を覚えた。

しかしながら、伊鞘さんと凜々妃は美男美女。どんどんふたりがお似合いに思えてきて苦しくなる。

そうなることはわかっていたのに、いざ突きつけられると辛いものだった。

そんな中、薔薇仙女から手紙が届いた。私と伊鞘さんの結婚について、呪いが解けしだい答えを出すと。

だが、その状態になれば、伊鞘さんは凜々妃とともに手を取り合い、公私ともに伴侶となるはず。

薔薇仙女の答えを待たずとも、私はお役御免となる。

きっと、それでいいのだ。

私は見習い仙女で、伊鞘さんは人間なのだから。


とくに決められた仕事もなく、ぼんやりと過ごす中で私に大きな変化が訪れる。

なんと、突然、陶器の声が自由自在に聞けるようになったのだ。

一人前の陶仙女になったということなのだろう。

目標を達成できたのに、なんだか複雑な気分である。

モヤモヤは、いっこうに晴れなかった。

ある日の朝、伊鞘さんから明日は行楽に出かけようと誘われた。

王都の郊外にある森が、美しく紅葉しているらしい。

作戦の決行が一週間後に迫る中で、わざわざ時間を作ってくれたようだ。

「そういえば、伊鞘さんと結婚してそろそろ一年ですね」

最初のころはひとまず半年——だなんて話していたが、思いのほか、結婚生活は長く続いていた。

「あっという間でしたね」

伊鞘さんは笑顔で頷く。

出会ったばかりのころは、満腹食堂でおいしいものを食べたときにしか笑顔を見せてくれなかった。今は、こうしてよく見せてくれる。そのたびに、幸せを噛みしめていた。

皇帝が倒されるまで、私は伊鞘さんの妻だ。残された日々を、楽しく過ごしたい。

最近はすっかり諦めの境地となり、そんなことを思うようになっていた。

私にとっての一番は、伊鞘さんが幸せになること。それと、自分の幸せを混同してはいけないのだ。

それに——いいや、今、これについて考えるのはやめよう。

打倒皇帝作戦については、最強の陰陽師である凜々妃がいる。伊鞘さんだって、兵士達と訓練を頑張っているのだ。

絶対にうまくいく。無事呪いも解けて、未来は、明るい方向へ輝くと決まっているのだ。


その日は家の中の掃除をしたり、洗濯をしたり、ひーちゃんを洗ってあげたりと、バタバタした一日を過ごす。

伊鞘さんは「たまにはゆっくりしたらどうか？」なんて言っていたが、暇をもてあましているといろいろ考えてしまうのだ。

夕方、台所でひとり陶器を磨いていたら金ちゃんがやってくる。

「ねえ、桃香。あなた、変なことを考えていないでしょうね？」

「なんのこと？」

「しらばっくれて」

「凜々妃様と伊鞘さんの結婚話が浮上している件ならば、耳に入っているよ」

偶然、女官達が話をしているのを聞いてしまったのだ。その件に関しては、あらかじめ想像していた。

「なにがあっても、あなたが妻なのだから、堂々としていいのよ」

「はは。それはどうなんだろう」

「どうって、あなた、身を引くつもりなの？」

「だって、私は人ではないし、仙女になるための徳も、十分高まったから……」

金ちゃんは呆れたとばかりに、盛大なため息をついている。

「なんで今更、諦めるのよ」

「それは――」

「あの陰陽師の女のせいね！」

「それは、否定はできないけれど」

伊鞘さんと凜々妃の治世なんて、絶対に、落ち着いた、戦乱のない、平和な世になるに決まっている。これは私ひとりだけの問題ではない。国全体の幸福の問題なのだ。

「でも、すぐに身を引くわけではないから。伊鞘さんが私を必要としてくれる瞬間まで、そばにいるよ」

「この、お人好し仙女が！　一人前になっても、へっぽこのままなのね！」

「うっ、地味に心に刺さるよ」

金ちゃんが言ったとおり、私はもう、一人前の仙女。

陶器の声は聞こうと思えばいつでも聞ける。以前みたいに、陶器が喋る瞬間を待たなくてもいい。

台所にいると、陶器の声がよく聞こえた。

「今日の料理は、僕を使うといいよ」

「湯を注いでおくれ」

「ここ、汚れが残っているの」

「水に浸かりたいなー」

あまりにも賑やかで、感傷的になっている暇はひとときもない。

私は陶器の声を聞く仙女。

蓬莱生まれの仙女として、できることを模索しなければ。

これが、私の人生なのだ。


金ちゃんとの会話を切りあげて、夕食の用意を始めた。

米を炊き、おかずを作り、お茶を淹れる。

このところ、伊鞘さんはお疲れだ。体の内側から元気になってもらうために、精が付く料理を作った。

調理をしているうちに、陶器が話しかけてきた。

「なにか、手伝うこと、ある?」

「んー」

とくにないと言おうとしたが、いい案を思いついた。

「あのね――」

作戦会議が終わると、調理を再開させる。

まずは、血の巡りをよくする蟹。これで、おこわを炊く。

次に、滋養強壮によい豚肉で角煮を作った。

汁物は、胃腸の調子を整え、食欲を増進させる生姜と、体力回復の効果がある鶏肉を煮込んだもの。

今日は食卓に火鉢を持っていき、そこで料理を仕あげる。

そうこうしていると、金ちゃんがやってきて不思議そうに質問してきた。

「桃香、なんで台所で料理を仕あげないのよ?」

「伊鞘さんに、陶仙女の本気を見せようと思って」

「なによ、それ」

せっかく一人前の陶仙女になったのだ。陶器の力を借りて、伊鞘さんに食事を楽しんでもらいたい。

そんなわけで陶器と陶仙女の宴に、伊鞘さんをご招待する。歌を唄いたいという陶器を食卓に並べ、陶笛《とうてき》を手に持って待つ。

「伊鞘さん、おかえりなさい」

「これは――?」

「陶仙女の宴へようこそ」

足下に置いてあった壺が、椅子を引いてくれる。伊鞘さんに向かって「どうぞおかけください」と声をかけていた。

「陶器と陶仙女のおもてなしを、お楽しみください」

なにが始まったのかと、伊鞘さんは戸惑っている様子だった。しかし、陶器達に話しかけられているうちに、だんだんと状況を受け入れつつある。

まずは、陶笛を吹いて陶器達に癒やしの調べを唄ってもらった。

陶器同士が重なり合い、高い音を鳴らす。紡がれる歌は、蓬萊に古くから伝わるもの。

火鉢に置いた鍋が、沸騰する。土鍋の蒸気穴から立ち上った湯気が、犬や猫の形になって食卓の上で踊った。

伊鞘さんはそれを見ながら、淡く微笑む。どうやら陶器と陶仙女の宴が、お気に召したようだ。

陶器の演奏が続く中で、完成した料理をお皿によそう。

「驚いた。桃香は、このようなことができるようになったんだな」

「おかげさまで」

輝宝である伊鞘さんが、私がなにかするごとに喜び、感謝してくれた。そのたびに徳が高まり、こうして陶器達と楽しい宴を演出できるまでになったのだ。

「こんなに愉快は食事は、初めてだ。桃香、ありがとう。疲れが吹っ飛ぶようだ」

「そのように言っていただけて、とても嬉しいです」

胸がじわりと温かくなる。

伊鞘さんのためにできることがあるのだと思うと、頑張ってよかったとしみじみ思ってしまった。


作戦の決行も目前に迫り、忙しい日々を過ごしてきた。

街にある地下訓練所では、多くの兵士達が戦闘技術を磨いているようだ。

金ちゃんと一緒に作った蒸し芋饅頭を持っていったところ、たいそう喜ばれた。

私は私にできることをして、皆を支えられたらいいなと思っている。


早朝の訓練が終わったら、伊鞘さんとともに王都の郊外に出かける。買い付けで使う荷車を馬で引き、私は伊鞘さんと並んで御者席に座った。

荷台には金ちゃんとひーちゃんが乗っていた。

ひーちゃんは初めての遠出に、気分があがっているようだ。尻尾をぶんぶん振っている。

太陽が強く照りつけることもなくなり、ときおり冬を思わせる冷たい風も吹いている。

季節はすっかり秋だ。

「伊鞘さん、いいお天気ですね」

「そうだな」

木々の隙間から、やわらかい太陽の日差しが差し込む。まさに行楽日和、といった感じである。

お弁当も、朝から張り切って豪華な重箱にした。伊鞘さんの好物ばかり詰めたので、喜んでくれるだろう。

こうして行楽に出かけるのも、きっと最初で最後。一瞬一瞬を、大事にしたい。

「ここ最近はバタバタしていたが、一緒に休みを取れてよかった」

「ですね」

私は薬膳医として凜々妃の治療と称し、相変わらず毎日冬宮に通っている。そこで、いろいろと準備のためにこき使われているのだ。一方で、伊鞘さんのほうは買い出しと称し、街の地下に隠された部屋でほぼ毎日鍛錬をしている。

「伊鞘さんのほうは、いかがですか？」

「兵達も、だいぶ、まとまってきた」

打倒皇帝の作戦が実行される日も間近である。だから、こうして行楽に出かけられる機会があって、本当によかった。

馬車を走らせること一時間。ずっと走っていた山道を抜け、池と紅葉した木々が美しい広場へと出る。

天気がいいので、池が鏡のように紅葉した葉を映しだしていた。

「うわー、きれいですね」

「だろう？」

陽家は毎年、この地に紅葉を見にきていたらしい。

秋の美が、ぎゅっと凝縮されたような場所だ。

「ここはもしかしたら、皇族のために作られた場所なのかもしれないですね」

「そうかも、しれないな」

美しい景色を眺めていると、心が癒やされる。伊鞘さんもそうなのだろう。私のほうを見て、微笑んでいた。

「お休みがとれて、よかったですね」

「ああ」

このところ、伊鞘さんは毎日凜々妃と作戦決行について話し合っている。皇帝陛下へ反旗を翻す準備は、着々と進められていった。

「いまだに、陽家が皇族だったという話は、信じられない」

「ごくごく普通に暮らしていたのに、突然皇家の血筋です、なんて言われても、信じがたいですよね」

伊鞘さんは複雑そうな表情で頷く。

「凜々妃の一族と繋がっていたという話は、家系図にしか証拠がないものだ。だから、いまだ、陽家が皇族だったという話を信じられないのだが」

「皇族だった証は、皇帝にすべて奪われていたのでしょう」

そこまで言ってはっと口をつぐむ。せっかく行楽にきたのに、暗い話をするのはもったいない。手をパン！　と叩いて空気を切り替え、荷車から金ちゃんとひーちゃんを降ろす。

ひーちゃんはさっそく、池のほうへと走っていった。

「ま、まさか、ひーちゃん!?」

「どうした？」

伊鞘さんが問いかけたのと同時に、ひーちゃんは池に飛び込む。

「ああ、やっぱり！」

ひーちゃんは水が大好きなのだ。この前も、後宮内に作られた田んぼに突っ込みそうになった。

一方で、金ちゃんは伊鞘さんが広げた敷物に寝転がり、「信じられないわ」と呟いたあと目を閉じる。どうやら、遊び回る気はいっさいないようだ。

伊鞘さんはひーちゃんと遊ぶことにしたらしい。革で作った玉を、池に向かって投げていた。ひーちゃんは嬉しそうに、じゃぶじゃぶ泳いで追いかける。

しばし遊んだあとは、お楽しみの昼食の時間であった。三段重ねの重箱を開く。

ご飯は魯肉飯をおにぎりにしたもの。

結婚したばかりのころ、私達の間に流れる空気はぎこちなかった。けれど、この魯肉飯を作ったあとくらいから、打ち解けたような気がする。

私達にとって、絆を象徴するような大事な料理だ。

メインは豚の骨付きあばら肉を醤油と蜂蜜、金桔醤《ジンジイジヤン》で作ったタレに浸して焼いた〝桔醤排骨《ジイジヤンパイグー》〟。

これは、伊鞘さんが貧血気味だと言った日に作ったものだ。柑橘類は、血行を促進してくれる。

お気に召してくれたようで、ときたま作ってくれと言われる料理だ。

ほかに、卵の紅茶煮〝茶葉蛋《チヤーイエダン》〟、蓬莱風玉子焼きである〝菜脯蛋《ツアイプーダン》〟、茄子と豚ひき肉を豆板醤で炒めた〝魚香茄子《ユーシヤンチエツ》〟など、どれも、伊鞘さんの好物ばかり。

蓋を開いた瞬間、伊鞘さんも気づいたのだろう。嬉しそうに、はにかんでいた。

「桃香、いろいろと、頑張って作ってくれたのだな」

「はい」

こうして伊鞘さんと出かけるのも、最初で最後。だから、気持ちを込めて作った。

「食べましょう」

「ああ」

魯肉飯はじっくり煮込んだ豚肉がとろとろで、ご飯とよく合う。

桔醤排骨は手摑みで頬張った。香ばしい風味と、金桔醤のさわやかな香りがたまらない。しっかり漬け込んでいたので、タレが中まで染みている。絶品である。

ほかの料理も、我ながらおいしくできていた。

伊鞘さんは、実に嬉しそうに食べてくれた。

　金ちゃんも、「まあまあね」といつもの素直じゃない言葉を呟きつつも、パクパク食が進んでいる。ひーちゃんには、茹でただけのあばら肉を持ってきていた。尻尾を引きちぎれそうなほど左右に振りながら、かぶりついている。

　お腹いっぱいになるまで、お弁当を食べた。

　昼食後は、腹ごなしである。池の周囲を、伊鞘さんと一緒にぶらぶら歩いた。

　はらはら舞い散る落ち葉を拾い、手巾にそっと包む。蓬莱にいる薔薇仙女へのお土産だ。

　立ちあがった瞬間、どうっと強い風が吹く。

「うわっ！」

　ふらついてしまったが、伊鞘さんが腰を抱いて体を支えてくれた。

「あ、ありがとうございます」

「大丈夫か？」

　伊鞘さんは心配そうに顔を覗き込んでくる。

　顔が近づいたのをいいことに少しだけ、大胆なお願いをしてみた。

「平気です。ですが、もう少し、このままでいさせてくれませんか？」

　返事をする代わりに、伊鞘さんは私の体をぎゅっと抱きしめてくれた。

　この時間が、続けばいいのに……。

　そんな愚かな考えさえ浮かんでしまうのは、この世のものとは思えない美しい紅葉の中にいるからだろうか。

私は仙女で、伊鞘さんは人なのに——愛してしまった。

この先、別れ別れになるのに、未練を残すのはよくない。

「……すみません」

一言謝って、離れた。

「なんだか最近、伊鞘さんとゆっくり過ごす時間がなくて、嬉しくて、抱きついてしまいました」

「俺はまだ、抱き合っていても構わなかったが」

真顔でそんなことを言われて、冗談か本気かわからなかった。

ぽかんとしていたら、腕を広げ始めた。どうやら冗談ではなく、本気だったらしい。

思わず、笑ってしまう。

「ごめんなさい、笑ってしまって」

が、広げた腕には、びしょびしょに濡れたひーちゃんが飛び込んできた。伊鞘さんまでも、びしょびしょになってしまう。

「やだ、ひーちゃん！　濡れているのに、伊鞘さんに抱きついたらダメだよ」

そう言っても、楽しい気分になった犬は止まらない。

伊鞘さんも諦めたのか、ひーちゃんを抱きあげて池のほうへと走っていった。そのまま、再び水遊びを始めてしまう。

「あの子たち、なにをやっているの？」

金ちゃんの冷静な言葉にも、笑ってしまった。

切ない気持ちで胸が苦しかったのに、伊鞘さんのおかげでスッと軽くなる。

美しい景色と楽しそうなひーちゃん。それから、微笑む伊鞘さん。落ち葉の上に気持ちよさそうに横たわる金ちゃんは可愛い。

私の幸せが今、目の前に広がっている。

それを眺めていると、なんだか泣けてきてしまう。

今日というすばらしい日の思い出を、胸に焼き付けようと思った。


とうとう、打倒皇帝の狼煙を揚げる日がやってきた。

あやかしは夜に力を増す。そのため、昼に作戦を実行する。

気持ちがいいくらいの晴天だった。これならば、凜々妃の陰陽術も効果を発揮するはず。

事前調査によると皇帝陛下は毎日一時間、昼食後に寝殿で仮眠を取る。静かな環境を好むので、護衛の兵士達も少ないらしい。そこを狙って、討つ。

鎧をまとい、剣を佩《は》いた伊鞘さんを見送る。

「伊鞘さん、無理はなさらぬよう、お願いいたします」

「ああ」

私は足手まといになるので、これまで伊鞘さん達が鍛錬の場としていた街の地下部屋で待機する。

もしも失敗したときは、伊鞘さんと凜々妃率いる軍が街に数カ所ある地下への入口から、ここへ逃げてくるらしい。

金ちゃんとひーちゃんも、一緒に避難している。

「いってらっしゃいませ」

「行ってくる」

こうして伊鞘さんを送り出すのも最後だろう。

呪いが解けたら、私達の婚姻も解消される。伊鞘さんとこの国には輝かしい未来が、待っているのだ。

ただ、失敗したら？　と考えると、ゾッとする。本当に、邪龍である皇帝に勝てるのかは疑問だ。

もしも、伊鞘さんが命を落としてしまったら、元も子もない。

それよりも、行かないでとすがり、ふたりでどこか知らない土地へ逃げ、そこで静かに過ごせたらどんなにいいか。

邪龍と戦って死ぬよりも、呪いが命を蝕むまで静かに過ごすほうがずっといい。

……なんて考えは、愚の骨頂。清らかさの象徴である仙女らしくない。

去りゆく伊鞘さんは、ふとなにかを感じ取ったように振り返る。我慢できずに、駆け寄って抱きついてしまった。

「どうか、ご無事で」

「桃香、きっと皇帝を討ち、桃香のもとに戻ってくる」

「はい」

そして今度こそ、伊鞘さんは行ってしまった。その場に頽《くずお》れ、めそめそと幼子のように泣いた。

そんな私に、金ちゃんが声をかける。

「まるで、振られた女のようじゃない」

「もう、振られたようなものだよ」

「はいはい」

金ちゃんはついてくるように言う。そばで大人しくしていたひーちゃんを抱きあげ、あとに続いた。

そこには、水を張ったたらいが置かれていた。金ちゃんが肉球で水面を叩くと、馬に跨がる伊鞘さんが映し出される。

「こ、これは!?」

「現場の様子が、映し出されるの。あなたがいてもたってもいられないだろうから、用意したわ」

「金ちゃん、ありがとう！」

「お礼を言われるようなことかは、よくわからないけれどね」

「それって、どういう意味？」

「負け戦を、見るかもしれないでしょう？」

「あ——そっか」

でも、知らないところで伊鞘さんが倒れるのは、絶対にいやだ。だから、ここで戦いを見守ろう。

固唾を呑んでたらいを見つめる。

やがて皇帝が寝殿へ行き、見張りの兵士が入れ替わって隊列が乱れる瞬間、潜んでいた反乱軍が、鬨の声をあげ、一気に動き始める。伊鞘さんと凜々妃の姿は見えない。

凜々妃はあらかじめ、女官に扮して寝殿に潜入することになっている。働いている者達は、買収済みらしい。

抵抗する兵士は斬り捨てられ、どんどん攻めていく。

帝国軍に反撃されたら、終わりだ。一刻も早く、皇帝の首を討ち取らなければならない。と、映像が切り替わり、伊鞘さんが出てきた。伊鞘さんは隠し通路から皇帝の部屋へと躍り出る。

ここに隠し通路があることは、凜々妃の実家が握っていた情報であった。

寝所を守る兵士達は次々と斬られ、斃《たお》れていく。

皇帝はむくりと起きあがり、かつて謁見の間で見た顔とはまったくちがう凶相を浮かべて叫んだ。

「伊鞘、そなたが、裏切るとは！」

「お前は皇帝ではない。皇帝の皮を被った、化け物だ！」

伊鞘さんが握る得物は、かつて何千ものあやかしを屠《ほふ》ったという妖刀。あやかしの血を啜《すす》り、力を増していくというものだ。

これも凜々妃の実家の協力で国中を探し回り、大金と引き換えに手に入れたものである。

皇帝はそれをわかっていて、なかなか近寄る隙を与えない。皇帝が不意をついて逃げようとした瞬間、寝所が炎に包まれる。

「逃がさぬぞ！」

廊下側から現れたのは、凜々妃であった。なにかの動物のものらしき髑髏《どくろ》を手に持ち、大きな白狼の式神を二体引き連れている。

「ほうら、お前達、ごちそうだ。存分に味わうがよい！」

白狼は凜々妃の作り出した炎を恐れず、そのまま突っ切る。そして、ためらうことなく皇帝へと飛びかかった。

「くっ！」

白狼が、凜々妃の操る炎が、妖刀を握る伊鞘さんが皇帝の命を屠ろうと牙を剝く。

護衛の兵士達を斃され、孤独な戦いとなった皇帝のほうが押される。だが――その身が突然生まれた靄《もや》に飲み込まれた。

「人の身を捨てるつもりだ！　全員、一時撤退！」

凜々妃の号令とともに、兵士達は隠し通路に逃げ込む。

靄はだんだんと広がっていき、寝殿はミシミシ音を立てて崩れていく。

ふたたび兵士達が隠し通路から外に出ると、空は暗雲たちこめる不穏な天気となっていた。ここにいると外の天気はわからないが、たらいの中ではポツポツと雨が降り始め、それはしだいに土砂降りとなる。

「え、嘘！　さっきまで晴天だったのに!?」

「邪龍が雨雲を呼んだのだろう」

まさか、天候までも操るなんて。これでは、凜々妃の呪術が思うように力を発揮できない。そんな心配をよそに、凜々妃は兵士達をさがらせて邪龍との戦いに備えているようだった。

突然の落雷が、寝殿を襲った。寝殿は闇に包まれて、突如そこから黒く長い巨大なヘビのような生き物が飛び出してきた。

「金ちゃん、あれが、邪龍!?」

「そのようね」

現場にいるわけではないのに、体がビリビリと痺れるような感覚に陥る。

「桃香、たとえたらい越しでも、直視したらダメよ。呪われてしまうから」

「う、うん」

邪龍との戦いが始まる。

雨が降っているので、凜々妃の炎は術式を展開できないようだ。悔しそうに、口元を歪めている。白狼も、土砂降りの中で体が思うように動かないようだ。

唯一、伊鞘さんは果敢に戦っている。ひとりで数人を相手に斬りかかっている。背後から来る兵士も斃していく。

普段から体力作りをしたり、剣の稽古をしたりしていたが、あれほどまでに強いとは。

「伊鞘さん、強い！」

「彼の場合は、自身の中にある天帝の血も、邪龍との戦いに有利になっているのかもしれないわ」

「あ、そっか。そうだったね」

世界を作った、史上最強とも言われる聖なる龍――天帝。

天帝は仙女を造りだした蓬萊の父たる存在でもある。

そんな天帝は七十二候ノ国を統一してひとつの国家を造り、また、自らの分身とも言える始祖の皇帝を生み出した。

皇帝に玉座を明け渡してからは、国の守護神として生きてきたという。

皇族には、天帝の血が脈々と継がれているというわけだ。

伊鞘さんが輝宝だったのは、天帝の子孫だったからなのだろう。

「でも、天帝はどうして、邪龍の呪いから皇族を助けてくれなかったの？」

「あやかしの間では、天帝は何者かに騙されて死んだ、なんて噂が流れていたわ」

「騙して殺したのって、邪龍だよね？」

「そうとしか思えないわ」

天帝は殺され、焼き尽くされたという。すでに、この世に存在しないようだ。

「ねえ桃香、仙女達は天帝の死に気づいていなかったの？」

「わからない。私は、末端の見習い仙女だったから」

「それもそうね」

「さすがの邪龍も、天帝は喰らわなかったんだ」

「ええ、そりゃそうよ。天帝に流れる神聖な血は、邪龍にとって死に至らしめるほどの猛毒だから」

「そっか。そうだったんだ」

今現在、邪龍の唯一の天敵となる天帝はいない。だが、私達には天帝の血を引く伊鞘さんや凜々妃がいる。

厳しい戦いだが、どうか、このままうまくいきますように。現場の状況を映し出すたらいの前で、ひたすら祈るばかり――。

チリン。突然、鈴の音が鳴る。

「え!?」

帯に付けていた、伊鞘さんからもらった飾り結いの紐が、突然切れたのだ。

あまりにも、不吉である。

「どうして？」

紐に気を取られているうちに、たらいから伊鞘さんの叫びが聞こえた。

邪龍の爪が、胸を引き裂いたのだ。

「伊鞘さん!?」

伊鞘さんはそれでも倒れず、果敢に戦っている。

だが、このままでは命を落としてしまう。

どうにかして、助けなければ。

けれど、陶器の声を聞くしか能がない私が駆け付けたところでどうにもならない。

伊鞘さんのためならば、命さえ捧げても惜しくはないのに――。

と、ここである可能性に気づく。

もしかしたら、伊鞘さんを助けられるかもしれない。

「金ちゃん、私、伊鞘さんのところに行く」

「あなたが行っても、足手まといになるだけよ!?」

「それでも、行きたいの！」

自分でも驚くほど、覚悟は決まっていた。切れてしまった鈴と飾り結いを帯の中へ押し込んで、地上へ飛び出す。

幸いにも、ここは紅禁城の近くにある。走れば十分もかからないで着くだろう。

外は大雨だ。雹かと思うほどの、鋭い針のような雨粒である。

視界もぼやけていて、よく見えない。そんな悪天候なのに、金ちゃんとひーちゃんもついてきていた。

「あなた、大馬鹿よ！」

「わかってる！」

しかし今、伊鞘さんを助けられるのは、私しかいない。それを思ったら、怖いものなどなにもなかった。

土砂降りの中を、ひたすら走っていく。巻き込んでしまった金ちゃんとひーちゃんには、申し訳ないと思う。

「金ちゃん、ひーちゃんのこと、よろしくね！」

「知らないわよ、こんな油揚げみたいな犬っころなんて。でもまあ、なにかあれば家につれて帰ることくらいはするわ」

「金ちゃん、ありがとう。あと――」

「まだ、なにかあるの？」

「うん。よかったら、伊鞘さんのことも、よろしくね」

「あの男のことなんて、面倒見きれないわ！　あなたがなんとかしなさい！」

「うん。そうだよね」

紅禁城周辺は、大変な騒ぎになっていた。それも無理はない。皇帝がいるはずの寝殿の上空に、巨大な龍が出現しているのだから。

実際に見た邪龍はあまりにも邪悪で、暴力が具現化したような存在だった。ぞっと、鳥肌が立つ。

金ちゃんから直視してはいけないと言われていたのを思い出し、顔を逸らした。

紅禁城のほうから、大勢の人達が逃げてくる。

人の波が、私の行く手を阻んだ。

「桃香、こっちよ」

金ちゃんが路地裏へと誘う。そして、眩い光を放ったかと思えば、金ちゃんの姿が虎と化す。

「金ちゃんって、虎だったの⁉」

「ちがうわよ。ワタシは化け猫だって、忘れたの？」

「あ、そうだった」

ずっと猫の姿だったので、金ちゃんが化けを得意とするあやかしだったことをすっかり忘れていたのだ。

「跨がりなさい」

「ありがとう」

ひーちゃんを抱き、金ちゃんに跨がる。

虎となった金ちゃんは、大きく跳びあがって屋根の上へと飛び乗った。

そこから、紅禁城を目指す。

逃げる者、恐怖に戦《おのの》く者、絶望し涙する者、さまざまだ。

金ちゃんに跨がった私は屋根から屋根へと伝うように進み、寝殿を目指す。

金ちゃんのおかげで、あっという間に現場へとたどりついた。

そこには倒れる凜々妃、姿を消した白狼、そして――血まみれの状態で膝を突く伊鞘さんの姿があった。

「ククク……！　弱き存在《もの》よ、もうこれでおしまいか!?　あまりにも、弱い！」

ビリビリと、空気が震える。これが邪龍の声なのか。

気味の悪い靄が漂い、息苦しく、視界もかすんでいた。立っているのもやっとの状態だ。

伊鞘さんや凜々妃は、こんな中で戦っていたなんて。

「伊鞘よ、大人しくしていれば、三十までは生きられたのにな」

やはり、呪いをかけていたのは邪龍だったようだ。

「もともと皇帝一族だった者が、我に傅《かしず》き、命令を聞くさまは傑作だったぞ」

邪龍は高笑いし、さらに空気をビリビリと震わせる。

「我に楯突くなど愚かとしか言いようがないが、賢帝を演じるのも、そろそろ飽きてきたころだ。今度は、そうだな。伊鞘を喰らい、邪龍殺しの英雄皇帝として即位しようか。民が好みそうな、清く正しき皇族だったという話も、広げよう。そうだ、それがいい！」

邪龍は口を大きく広げ、伊鞘さんのほうへ急接近した。

私は全力で走り、邪龍の前に飛び出した。

伊鞘さんを食べるつもりだった口は、私を飲み込んだ。「桃香ッ!!」という、伊鞘さんの叫び声が聞こえたような気がしたが、すぐに暗闇の中に包まれる。

これで、いいのだ。

邪龍にとって、天帝の神聖な血は猛毒である。

天帝が造りし仙女にも、同じ血が流れているのだ。悶え苦しみ死ぬだろう。

「ざまあみろ！」

仙女らしくない言葉が、うっかり出てきてしまった。

誰もいないのだから、いい。

伊鞘さん、ごめんなさい。

そんな思いは、声に出ることなく消えていった。意識も、どんどん遠退いていく。

数秒と経たずに、消えて——。


——皇帝、秦龍月は邪龍が化けた存在であった。

皇族に成り代わり、玉座に収まっていた。

その目的は皇帝を喰らい、自らが王座を乗っ取り、民を支配するという恐ろしいまでの野心。

そして、自らの糧となる人を喰らうためだったのだ。

邪龍は自らの欲望のため、暴君にも賢帝にもなるとんでもない存在だった。

そんな嘘のような本当の話は、瞬く間に人々の間に知れ渡る。

あの日、王都を覆った暗い雲と、前例がないほどの激しい土砂降り、そして天を衝くような巨大な邪龍の姿を、多くの人々が目撃した。

皇帝不在の紅禁城は危機的状況となるかと思いきや——そうではなかった。

四美人と謳われた妃のひとりである凜々妃が、即位したのである。

さっそく敏腕ぶりを発揮し、混乱した世の中はあっという間に落ち着き、文句を言う者は誰ひとりとして存在しない。

その横に侍るのは、皇族の一員とされた陽家の男、伊鞘である。

彼は皇帝に指名され将軍となったのだ。

こうして王都及び紅禁城の混乱は最低限に抑えられ、朝廷もしっかり機能していた。

もう、皇族を蝕む呪いも存在しない。その原因となった邪龍が、息絶えてしまったのだから。

後日談　陽伊鞘の祈りのとき

打倒皇帝を掲げ、邪龍と戦った騒動から一年。

伊鞘は今日も、宮廷から後宮の近くに建てられた住み慣れた家に戻る。

これまでの活躍から、大きな屋敷を与えると凛々妃——皇帝陛下から言われていたものの、伊鞘は辞退した。

亡き妻との思い出が詰まった家から出ていく気は、毛頭なかったのだ。

その一途な気持ちを汲み、皇帝は伊鞘がこれまでと同様の暮らしをすることを許したのだった。

「わふ！　わふ！」

愛犬非常食が、尻尾をぶんぶん振りながら出迎えてくれた。伊鞘の妻だった桃香が「ひーちゃん」と呼び、可愛がっていた犬である。

伊鞘はしゃがみ込み、非常食の頭をガシガシ撫でる。

それから井戸で手を洗い、庭にある墓に向かった。そこには大きな石が置かれている。

石には〝妻桃香　永眠〟と文字が彫られていた。

しかしこの下にその体はない。

自ら犠牲となり、邪龍にその体を食べられてしまったのだ。

仙女を食らった邪龍はみるみる衰弱し、一気に死に至った。

それは、伊鞘にとって身が裂かれるような辛い出来事だった。

今も、心の傷は癒えていない。

石に井戸の水をかけて、手を合わせて祈る。

凜々妃が皇帝となって即位したあと、結婚話が浮上した。

凜々妃の側近達が目論んでいたらしい。

しかしながら伊鞘は受け入れず、生涯独身であることを誓ったのだ。

彼にとって妻とは、桃香ただひとり。時代が移り変わろうと、心に存在するのは彼女だけだった。

桃香と最初に出会ったのは、開店前の満腹食堂の前だった。その日は日差しが強く、桃香は店先に水を撒いていた。

具合が悪く、ふらふらだった伊鞘を呼びとめ、桃香は店に誘《いざな》ったのだ。

代金はいらないから、食べてほしい。そう言って、伊鞘に魯肉飯を食べさせてくれた。

食堂で食べた魯肉飯は信じられないくらいおいしく、感謝の言葉を述べたあとの桃香の笑顔が脳裏に焼き付いて離れなかった。

そのときから、桃香を好ましく思っていたのだろう。

彼にとって、魯肉飯は桃香との思い出の料理なのだ。

それからというもの、桃香は伊鞘と会うたびに、気にかけてくれた。

もしかしたら好かれているのでは？　などと思っていたが、それは盛大な勘ちがいであった。桃香は伊鞘だけでなく、すべての人々に分け隔てなく優しかったのだ。

そんな桃香と暮らした一年は、人生の中でもっとも幸せなひとときだったように思える。

だから彼女がいない今、思い出だけに縋り、生きている。

せめて、思い出だけでも大事にしよう。そう思って街の食堂を巡るが、魯肉飯を出す店はなかった。

それも無理はない。魯肉飯は桃香だけが作れる、とっておきの蓬莱料理。一般的な食堂で取り扱っているはずがないのだ。

記憶を頼りに作ってみても、決して桃香の味にはならない。

もう、桃香は戻ってこない。料理も、二度と口にできない。

悲しみに暮れる伊鞘に、声をかける者が現れる。

「ねえ。いくら熱心に祈っても、そこに桃香はいないのよ」

「わかっている」

やってきたのは、桃香と契約していたあやかし、金華猫だ。

気まぐれな性格の金華猫は、ここに桃香がいないので今はもう一緒に住んでいない。気の向くままに彼方此方《あちこち》をぶらぶらしているようだ。

だがときおりこうやって、伊鞘を訪ねてやってくる。一言二言会話を交わし、またどこかへいなくなってしまうのだ。

「桃香がいなくても、俺は、ここで祈り続けたい」

「あっそ。じゃあ、好きにしたら？　ねえ、聞いた桃香？　あの男は、あなたじゃなくて、石と一緒に過ごすほうがいいんですって」

「あ、そうなんだ。ちょっと、特殊な趣味……だね」

「え？」

伊鞘は信じがたい気持ちになる。聞こえた声は、幻聴か。しかし、振り返ると――そこには桃香の姿があった。

「桃香!?」

「あの、はい。一年ぶり、ですね」

夢にまで見た妻、桃香の姿が、そこにはあった。

記憶にある桃香よりも、少しだけ大人びている。けれど、優しい微笑みは変わっていない。夢かもしれない。そう思って、伊鞘は手の甲を思いっきり抓る。普通に、痛かった。

「どう、して？」

「邪龍に飲み込まれたあと、私の魂は蓬萊へと戻ったのです。迎えにきた薔薇仙女が、生き返らせてくれたのですが、その際に選ばせてくれたのですよ」

――体を造り直す際に、仙女となるのか、人間となるのか、を。

「一度命を散らした私が、あっさり生き返ってもいいのかなと思っていたのですが、邪龍を倒したご褒美らしいです。お世話になった薔薇仙女を前に、人間になりたいですと堂々と宣言するのもどうかと思ったのですが――」

薔薇仙女は言った。仙女としての桜桃香は儚くなった。新しく与えた命は、好きにするとよいと。

その瞬間、桃香の気持ちは固まったという。

「私は、伊鞘さんと同じ人生を歩みたいと思いまして――」

言い終わらないうちに、伊鞘は桃香に駆け寄って抱きしめた。

「よく、戻ってきた」

「はい、ただいま、帰りました」

伊鞘は幸せを胸に抱き、愛の言葉を耳元で囁いたのだった。

こうして陽家は、以前の明るさを取り戻す。

犬は庭を駆け回り、猫は日向で欠伸をする。

幸せな夫婦は縁側に並んで座り、茶を飲んで微笑み合うのだった。

本書は書き下ろしです。

七十二候《しちじゅうにこう》ノ国《くに》の後宮薬膳医《こうきゅうやくぜんい》

見習《みなら》い陶仙女《とうせんにょ》ですが、もふもふ達《たち》とお妃様《きさきさま》の問題《もんだい》を解決《かいけつ》します

江本《えもと》マシメサ

2021年2月5日初版発行

発行者……千葉 均
発行所……株式会社ポプラ社
〒102-8519 東京都千代田区麹町4-2-6
電話……03-5877-8109(営業)
03-5877-8112(編集)
フォーマットデザイン 荻窪裕司(design clopper)
組版・校閲 株式会社鷗来堂
印刷・製本 中央精版印刷株式会社

乱丁・落丁本はお取り替えいたします。
小社宛にご連絡ください。
電話番号 0120-666-553
受付時間は、月〜金曜日、9時〜17時です(祝日・休日は除く)。

ポプラ文庫ピュアフル

ホームページ www.poplar.co.jp

N.D.C.913/313p/15cm
ISBN978-4-591-16905-6
P8111308

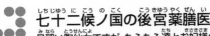

イケメン毒舌陰陽師とキツネ耳中学生のへっぽこほのぼのミステリ!!

天野頌子『よろず占い処　陰陽屋へようこそ』

装画：toi8

母親にひっぱられて、中学生の沢崎瞬太が訪れたのは、王子稲荷ふもとの商店街に開店したあやしい占いの店「陰陽屋」。店主はホストあがりのイケメンにせ陰陽師。アルバイトでやとわれた瞬太は、実はキツネの耳と尻尾を持つ拾われ妖狐。妙なとりあわせのへっぽこコンビがお客さまのお悩み解決に東奔西走。店をとりまく人情に癒される、ほのぼのミステリ。単行本未収録の番外編「大きな桜の木の下で」を収録。

〈解説・大矢博子〉

呪いを解くために、偽りの妃として後宮へ――。

顎木あくみ

『宮廷のまじない師
白妃、後宮の闇夜に舞う』

装画：白谷ゆう

白髪に赤い瞳の容姿から鬼子と呼ばれ親に捨てられた過去を持つ李珠華は、街でまじない師見習いとして働いている。ある日、今をときめく皇帝・劉白焔が店にやってきた。珠華の腕を見込んだ白焔は、後宮で起こっている怪異事件の解決と自身にかけられた呪いを解くこと、そのために後宮に入ってほしいと彼女に依頼する。珠華は偽の妃として後宮入りを果たすが、他の妃たちの嫉妬と嫌悪の視線が珠華に突き刺さり……。『わたしの幸せな結婚』著者がおくる、切なくも愛おしい宮廷ロマン譚。

二人の龍神様にはさまれて……!?
あやかし契約結婚物語

佐々木禎子

『あやかし温泉郷 龍神様のお嫁さん…のはずですが!?』

装画：スオウ

札幌の私立高校に通う宍戸琴音は、ある日学校の帰りに怪しいタクシーで「とこよ」のボロい温泉宿につれていかれる。そこには優しく儚げな龍神ハクと、強面で高圧的な龍神クズがいた。病弱な親友ハクの嫁になって助けるように、とクズに命じられた琴音は、とりあえず宿の仕事を手伝うことに。ところがこの二人、仲が良すぎて、琴音はすっかり壁の花…？　イレギュラー契約結婚ストーリー！

アルバイト先は妖怪の古道具屋さん!?
取り扱うのは不思議議なモノばかり――。

峰守ひろかず
『金沢古妖具屋くらがり堂』

装画：鳥羽雨

金沢に転校してきた高校一年生の葛城汀一。街を散策しているときに古道具屋の店先にあった壺を壊してしまい、そこでアルバイトをすることに。……実はこの店は、妖怪たちの道具〝妖具〟を扱う店だった！　主をはじめ、そこで働くクラスメートの時雨も妖怪で、人間たちにまじって暮らしているという。様々な妖怪や妖具と接するうちに、最初は汀一を邪険に扱っていた時雨とも次第に打ち解けていくが……。お人好し転校生×クールな美形妖怪コンビが古都を舞台に大活躍！